나와
수평선

나와 수평선

발행일	2018년 2월 28일		

지은이	김 영 석		
펴낸이	손 형 국		
펴낸곳	(주)북랩		
편집인	선일영	편집	권혁신, 오경진, 최승헌, 최예은
디자인	이현수, 김민하, 한수희, 김윤주, 허지혜	제작	박기성, 황동현, 구성우, 정성배
마케팅	김회란, 박진관, 유한호		
출판등록	2004. 12. 1(제2012-000051호)		
주소	서울시 금천구 가산디지털 1로 168, 우림라이온스밸리 B동 B113, 114호		
홈페이지	www.book.co.kr		
전화번호	(02)2026-5777	팩스	(02)2026-5747

ISBN   979-11-5987-997-5 03810(종이책)

나와
수평선

김영석 장편소설

북랩 book

contents

잃어버린 빛의 세상

.

.

.

바이올린의 연주가 5학년 2반의 교실에서 흘러나오고 있었다.

교단 앞에 한껏 폼을 잡고 바이올린 연주를 하는 석진. 담임이 콩쿠르대회에서 입상한 기념으로 석진에게 연주를 요청했다. 이해하기 어려운 연주에 반 아이들은 그저 석진의 연주하는 모습에 매료된 듯했다. 특히 잘생긴 외모까지 겸비한 그에게서 눈을 떼지 못하는 여학생들.

그 와중에 눈을 감고 석진이 아닌 바이올린의 연주만을 감상하는 한 여학생. 석진의 짝지이자 반장인 그녀의 이름은 정임선이었다. 연주를 마친 석진은 반 친구들의 박수를 받으며 임선의 옆자리에 앉았다. 바이올린 영재로 한 달 전 전학 온 석진은 반에서도 학교에서도 인기스타였다.

그의 짝지인 임선은 여학생들의 부러움 대상이지만 정작 본인은 석진이 아닌 바이올린 연주에만 관심이 있는 듯했다. 이성에게는 오히려 무관심이 매력으로 통할 때가 있고 특히 인기 많은 상대는 더욱 그러한 것처럼 석진의 눈에 역시 임선이 들어왔다. 최고의 몸값을 자랑하는 스타인 양 거만함이 몸에 배어있는 석진. 유일하게 자신이 아닌 바이올린에 관심을 가지는 짝지 임선이 못마땅하지만 눈이 가는 것은 어쩔 수 없는 모양이었다.

다른 여학생에게는 눈길 한번 주지 않는 석진이 임선의 환심을 사기 위해서는 노골적인 표현도 마다치 않았다. 심지어 굉장히 비싼 것이라며 다른 친구들에겐 근처도 못 오게 하던 바이올린을 임선에게는 쥐어주며 가르쳐 주기까지 했다.

그럴수록 임선은 석진이 아닌 바이올린에 더욱 빠져들 뿐이었다.

고급 승용차를 타고 등하교를 하는 금수저 석진은 연주회로 결석하는 날이 많았고, 이에 아쉬워하던 임선은 바이올린이 가지고 싶어졌다.

그런데 아빠의 사업실패로 동네에서 작은 야채가게를 운영하며 어려운 생활을 이어가는 임선네였다. 늘 그렇듯 그날도 새벽에 나가 저녁 늦게 들어 온 엄마 아빠의 눈치를 보던 임선이 바이올린을 사달라 졸랐지만 돌아온 것은 단호한 아빠의 거절이었다.

여러 번 떼를 쓰기도 해봤지만, 아빠는 완고했다.

작년까지만 해도 하나밖에 없는 딸이 원하는 것이면 무엇이든 갖다 바쳤고 어디든 데려갔던 그야말로 딸바보 아빠였다. 사업실패로 어려워진 형편에도 웬만한 임선의 부탁은 거절하지 않았던 아빠의 반응은 예상치 못했다. 그렇다면 정말 사줄 돈이 없거나 1등을 도맡아 하는 임선의 공부에 방해될까 염려해서일 거다.

어쩔 수 없이 임선은 가끔 석진이 넘겨주는 바이올린을 쥐어보는 것으로 만족해야 했다.

임선이 6학년이 되던 새해. 세 식구는 처음으로 아빠가 운전하는 색 바랜 트럭을 타고 동해로 해맞이를 떠났다. 아빠의 트럭이 어느 넓은 공터에 서고, 마른 갈대숲. 울퉁불퉁 길이 있는 듯 없는 듯 갈대를 헤치고 나온 언덕. 언덕 위엔 광활한 바다가 펼쳐져 있었다.
하지만 구름이 낀 하늘에 수평선엔 빛의 기운이 감돌 뿐 아빠가 긴 한숨을 내쉬었다.
"휴~ 이런~ 얼마 만에 찾았는데… 해를 보긴 어렵겠는데…. 쩝."
"어휴 당신두~ 이쁘기만 하구만. 해가 꼭 눈으로 보여야 해맞이인가. 마음으로 보면 돼지!"
"하하하~ 그래. 우리는 정확히 7시 30분에 마음으로 해를 맞이하는 거다~. 선아! 알았지?"
"알았어유~ 히히히. 엄마 말대로 넘 예쁘기만 하네 뭐~. 근데 저 봐! 밝은 기운, 구름, 갈매기. 모두 마치 수평선에서 나오는 것 같잖아?"

"후후, 그렇게 보이냐?"

이곳 언덕의 바다는 결혼 전 아빠가 엄마에게 프러포즈를 했던 장소이고 바쁜 생활에 결혼 이후 처음 찾았단다. 해 뜰 시간은 임박했는데 수평선은 여전히 구름에 가려져 있고 시계를 보는 아빠의 얼굴에는 아쉬움이 역력했다. 기회를 보던 아빠가 엄마에게 줄 선물이라며 트럭에서부터 가져온 커다란 박스를 엄마에게 내밀었다.

"작년 결혼기념일 까먹고 그냥 지나갔는데, 지났지만 오늘 대신 주는 거야. 자 받아!"

"올해 더 비싼 거 주면 되지 뭘 뒤늦은 선물이래. 이월상품 처분하는 것도 아니고. 싱겁긴….

암튼 고마워! 호호."

입꼬리가 올라간 엄마가 박스를 열어 보더니 어이없는 표정이 되자 아빠가 한마디 한다.

"왜, 마음에 안 들어? 매일 귀찮게 하더만, 그렇게 바라던 거 아닌가?"

"호호호호호~ 어쨌든 감동이다…. 자! 선아, 받아라. 내가 아니라 니 꺼다!"

엄마가 다시 박스를 임선에게 건네는데…. 영문도 모른 채 받아든 임선이 박스를 열어 보고 놀란다.

"우왁~ 바이올린! 어떻게 된 거야? 내 꺼 맞아?"

관찰하듯 지켜보던 아빠.

"그래, 네 꺼다. 난 중학교 들어가면 사주려 했는데 네 엄마가 어찌나 독촉하는지. 그 등쌀에 못 이겨 오늘 주는 거야. 공부에 지장 없게만 해라~. 만약 1등 못하면 바이올린 때문인 거라 생각하고 도로 뺏을 거야~."

"어휴~ 공부! 공부~. 알았어. 크크."

어쨌든 임선은 뛸 듯이 무조건 좋았다. 감격에 눈물이 고일 지경이다. 내친김에 바이올린을 꺼내 들고 연단 같은 언덕에 올라선 임선. 선물의 보답이라며 연주를 한다. 능숙하게 바이올린을 꺼내 들어 활을 올리는데 석진이 쉬는 시간이면 가르쳐주던 곡을 연주하려는 것이었다.

그런 모습에 엄마가 놀란다.

"야~. 그거 엄청 비싼 거야 그렇게 막 만지면 안 될 건데…."

"냅 둬~. 자세가 나오는 거 보니 누구 꺼 만져 봤나 보네."

"어휴 엄마, 아빠두~. 만져만 봤겠어 들어봐~."

띠띠~띠~♪♬

서툴지만 끝까지 연주를 마친 임선을 보며 놀라움과 기쁨을 감추지 못하고 엄마, 아빠가 감탄하며 물개 박수를 친다.

"아니! 이거 우리 딸이 연주한 거 맞아? 언제 이렇게 배웠대!"

"짝지에게 배웠지~."

"뭐 짝지? 아무래도 수상해…. 너 짝지에게 잘 보이려고 바이올린

사달라고 한 거 아냐?"

"아~. 진짜 아빠는! 전혀 아니거든~ 우리 반 애들한테 물어봐라. 그 반대로 소문났을 테니까!"

"암튼~ 공부가 우선인 거 알지?"

"어휴~ 알았어~요! 아빠! 그럼 한 곡만 더 연주할게. 선물의 보답으로 아빠에게 바치는 연주~."

"또 연주할 수 있는 곡이 있다고…. 그것도 나에게 바쳐. 하하하, 그래 한번 해봐라!"

이날을 염두에 두었던 것일까. 임선이 언젠가 석진에게 특별히 부탁해서 몇 번 배웠던 곡이기도 했다.

뚜루루루루루~ 뚜루 루…. 끼익~.

"아~ 다시 할게!"

뚜루루루루루~ 뚜루 루…. 끼익 ♪♫~

의욕이 앞선 것일까? 두 번째 곡의 연주는 끊김과 음이탈의 연속으로 도중에 포기해버린 임선. 그런데도 물개 박수를 치며 똑같이 기뻐하는 부모님이다. 분명 석진에게 배울 당시 완벽하지는 않았지만, 이 정도는 아니었는데…. 너무 아쉬웠다.

그런데 연주가 엉망이었는데도 아빠는 연주곡을 아는 것처럼 좋아라 한다. 하긴 아빠의 18번 곡이니 그럴 수도 있을 것이다.

"아빠는 방금 연주한 곡이 뭔지 아는가 봐?"

"글쎄…. 어디서 들어 본 것 같기도 하고…. 무슨 곡인데?"

"헐~ 아니 됐어! … 다음 새해에 오면 완벽한 연주로 답할 테니 내년 새해도 여기 오자. 아빠, 응?"

"음…. 그래. 내년이면 우리 딸 중학생 되는데 그 기념으로 내년도 여기서 해맞이하지, 뭐.

단! 반 1등 한 번이라도 놓치면 없었던 일로 할 거야."

"어이쿠~ 알았어. 약속했어!"

"아암~."

멈춰버린 두 번째 연주에 못내 미련이 남은 임선은 그렇게 내년을 기약하는데….

그 미완성곡은 조금 전 트럭에서도 흘러나왔던 '아침이슬'이란 가요였다. 결혼 전 '아침이슬'을 부르던 엄마에게 반했다던 아빠. 결혼 후에는 아빠의 18번 곡이 되었단다.

'아침이슬'을 늘 흥얼거리던 아빠. 어린 임선도 따라 부를 정도였다.

시나브로 아빠에게서 그 노래는 사라져갔고 아주 가끔 아빠의 트럭에서나 들을 수 있었다. 얼마나 연주가 엉망이었으면 아빠가 자신의 애창곡을 몰라봤을까. 제목을 말하면 민망해지기도 하겠지만 1년 뒤에라도 아빠에게 '아침이슬'을 완벽히 연주해 주고 싶은 임선이었다.

수평선을 본 임선이 외쳤다.

"우와 해가 떴어~."

"그새 30분이 됐네! 근데 태양 대신에 배가 떴구나. 하하."

구름에 스민 빛이 조명처럼 수평선 바다를 비추고 있고 마침 그 아래로 큰 배 한 척이 지나고 있었다.

　이렇듯 넉넉지 않은 형편에도 사이좋은 엄마, 아빠와 두 사람의 사랑을 흠뻑 받는 임선이 무한긍정에 활달하게 지내는 것은 자연스러운 것이었다.

　그날 이후⋯.

　임선은 아빠와의 약속처럼 줄곧 1등을 했다. 풍족한 생활은 아니지만 늘 행복해 보이는 엄마, 아빠의 사이에 외동딸인 임선.

　그 영향이었을까 늘 밝고 낙천적인 성격에 자신감이 넘쳤다. 공부는 물론 바이올린의 연주도 잊지 않았는데⋯. 워낙 공부에 극성인 부모님의 눈치를 본 것도 있지만, 내년 깜짝 이벤트곡을 들키지 말아야 했기에 집에서 바이올린을 연습하는 일은 없었다.

　때문에 임선은 6학년이 되면서 다른 반이 된 석진을 찾아가 짬짬이 '아침이슬'을 배웠다. 그리고 2학기 말 시험까지 1등으로 마무리하고 겨울방학을 맞은 임선은 바이올린을 가지고 등교를 하였고 텅 빈 음악실에서 맘껏 홀로 바이올린 연습을 했다. 새해, 그날을 위해서⋯.

　드디어 기다리던 중학생이 되는 새해를 하루 앞둔 저녁이었다.

　하필 아빠의 트럭이 고장 났고 정비공장에 맡겼는데 아직 수리 중이었다. 때문에 아빠는 가까운 뒷산에서 해맞이를 가잔다.

　임선은 작년에 갔던 그 언덕의 바다를 고집하며 토라져 방 안에 드러누워 있었다. 좀 전 누군가와 통화를 하던 엄마가 아빠에게 갔다.

"당신 성희 씨 알지"

"응? 아…. 독신주의 그 친구?"

"하하. 그래! 차를 빌려 달라 했더니 같이 가자는데 괜찮아?"

"… 그럼 둘이 같이 갔다 와."

"선이가 그곳에 가려는 이유를 몰라서 그래?"

"… 휴~. 알았어. 애한테나 물어봐!"

엄마의 말을 전해 들은 임선이 덮고 있던 이불을 박차며 일어나 세상을 다 가진 듯 기뻐했다. 그도 그럴 것이… 얼마나 기다려왔던 날인가…. 한 번도 1등을 놓치지 않으려고 열심히 공부했고, 틈나는 대로 석진을 찾아가 배웠으며 방학에도 들키지 않으려 홀로 음악실에서 반복하여 연습한 날이 얼만가….

그렇게 1년을 준비한 이벤트를 못 할 뻔하다 할 수 있게 됐는데 어찌 기쁘지 않을 수 있을까. 어제까지도 음악실에서 연습을 했고 완벽히 '아침이슬'을 연주할 수 있게 된 것을 확인하였다.

엄마의 친구와 동행하기로 되었든 어쨌든 임선의 관심은 오직 바이올린 연주, 즉 엄마, 아빠를 기쁘게 할 연주 이벤트에 있었다.

다음 날 새해 새벽. 약속 시간보다 늦게 도착한 성희 아줌마가 화려한 노란색 승용차를 몰고 나타났다. 엄마와는 다르게 털털한 인상에 체격이 큰 아줌마였다. 생김새답게 아빠가 운전하겠다는 것을 사양하고 운전대를 놓지 않았다. 임선은 보조석에 앉으려는 엄마를 제지하며 자신이 보조석에 앉았다. 뒷좌석에 엄마, 아빠가 나란히 앉게 하려는 속 깊은 딸의 배려였다.

차 안은 해맞이로 들뜬 즐거운 대화에 화기애애한 분위기였다.

"작년은 흐려서 해를 못 봤는데 오늘은 볼 수 있으려나?"

"날씨 봤어! 걱정 마. 오늘은 전국이 맑아서 어디서든 해를 볼 수 있다더라."

엄마의 우려를 씻어주는 아빠는 작년을 의식했는지 일기예보를 찾아봤던 것이다. 잠시 대화가 끊겨 어색하자 엄마가 성희 아줌마에게 음악을 틀어 달라 했다.

"어떤 노래?"

"어… 혹시 '아침이슬' 있어?"

"오우~ 내가 무지 좋아하는 곡인데 아쉽지만, 시디를 집에 두고 왔네."

"우리 남편 18번 곡 아니냐? 없으면 됐어. 아무거나."

"그랬구나~."

깜짝 이벤트곡이 먼저 누출되는 것 같아 속으로 뜨끔했던 임선은 다행이라 생각했다. 늦게 온 것을 만회하려는 아줌마가 보다 가속 페달을 밟았다.

"야! 너무 밟는다. 속도 좀 줄이지…"

"해 뜨고 도착할래! 무사고 10년이 넘었다. 걱정 말어~."

엄마의 주의에도 오히려 점점 빨라진 속도. 승용차는 새벽의 어둠을 가르며 산복 도로를 지나고 있었다. 낙석으로 좁아진 도로를 앞차들이 조심조심 느리게 통과하는데….

"어휴~~버스도 지나가겠구먼. 답답하게 운전하네!"

푹푹 한숨을 쉬던 아줌마는 차례가 오자 순식간에 통과해버리는데 10년 무사고 베테랑 아줌마의 운전실력에 엄마, 아빠도 감탄했다.

"역시 넌 운전 하나는 최고야~."

산복 도로를 내려와 팔차선 도로에 들어서자 속도를 더욱 내서 앞서가는 대형트럭을 추월했다. 성희 아줌마는 운전실력을 과시하듯 쭉 뻗은 도로를 지나 커브 길에서도 속도를 줄이지 않았는데…. 터널을 들어설 때였다.

끼이이익! 쾅~ 우당탕~쿵.

앞차의 충돌 사고였다. 아줌마가 급제동을 하자 순식간에 모두 몸이 앞쪽으로 쏠렸다.

"아악~!"

안전거리를 유지한 덕일까. 임선 일행의 차는 가까스로 앞차로부터 몇 미터 앞에서 멈춰섰다. 아줌마는 파랗게 질렸고 놀라서 입을 다물지 못하던 엄마가 정신이 들었는지 한마디한다.

"그…. 그렇게 천천히 운전하랬잖아!"

거기까지였다…. 손쓸 틈도 없이 모든 것을 날려버리는 둔탁한 소리.

"쾅~!"

한순간이었다. 대형트럭이 멈춰선 임선 일행의 승용차를 뒤에서 덮쳐버렸다. 아… 조금 전 추월했던 대형트럭이었다. 종잇장처럼 구겨져 버린 승용차. 여기저기 흩어진 잔해들이 사고현장의 참혹함을 알리고 있었다.

일주일 후. 팔의 따끔한 통증에 깨어났다.

"어! 깨어났네. 괜찮아요? 잠깐 기다려요."

소독약 냄새. 여기저기 온몸의 통증… 몸을 움직이려 해도 마비된 것처럼 옴짝달싹도 할 수 없고 유독 아픈 얼굴은 붕대를 감은 건지 앞을 볼 수가 없다. 분명 병원인 것만 알 것 같다.

아… 하나하나 떠오르는 기억. 해맞이… 엄마, 아빠…. 정신이 번뜩 든다.

"여기요! 여기 누구 없어요?"

마침 간호사가 의사를 데려왔고 청진기를 임선에게 갔다댄다.

"괜찮아요? 어때요?"

"우…. 우리 엄마, 아빠는요?"

"괜찮아요. 다른 병실에 있으니 걱정 말아요!"

"네…."

간호사의 말에 안도를 하고 임선은 다시 정신을 잃었다.

며칠 후…. 임선은 간호사의 말이 거짓말이라는 것을 알았다. 환자에게 충격을 주지 않으려는 의사의 조치였던 것이다. 보조석에 앉은 덕에 유일한 생존자는 임선이었다.

　그렇게 임선은 부모님을 잃고 시신경의 손상으로 실명까지 하게 되었다. 그날의 교통사고는 남김없이 모든 것을 쓸어 가버렸다. 살아도 산 것이 아니었다. 어떤 것으로도 치유될 것이 아니었다.

　고아였던 엄마와 형제가 없던 아빠 사이에서 태어난 임선을 찾아오는 이는 없었고, 우울증과 실어증까지 앓으며 한 달 가까이 병원에서 지내고 있었다. 아무것도 먹으려 하지 않아 매일 링겔 병에 의지해 연명하고 있었는데 어느 날은 자해까지 해서 간병인이 늘 붙어있었다. 나아질 기미는 전혀 보이지 않는 임선에게 병원도 지쳐가는 듯 약물치료에만 전념했다.

　위태위태한 병원 생활이 두 달째 되던 날. 누구 하나 기댈 곳 없던 임선에게 누군가 찾아왔다. 예전에 엄마에게 말로만 들었던, 기억에 없는 이모란다. 임선을 보자 안아줬는데 이모라고 해서 그런지 엄마의 품처럼 느껴졌다.

　이모는 그 후로도 매일 찾아와 간병인 대신 임선 곁을 지켜줬다. 그리고 일주일 째 되던 날 이모는 중대한 결정을 했다. 임선을 이모 자신의 집에 데려가기로 한 것이다. 어느 것 하나 온전치 않은 임선을 도저히 두고 볼 수 없었던 모양이다. 뿐만 아니라 이모는 동시에 자신의 딸로 입양까지 하여 보살피기로 했다.

　하지만 이모의 집으로 온 후로도 시각장애에다 우울증과 실어증으로 아무런 의욕 없이 방에 틀어박힌 임선은 영원히 바깥세상으로 나오지 않을 것만 같았다. 이모는 임선이 힘들어 경기를 일으킬 때면 첫 만남 때처럼 감싸 안아주었고 그럴 때마다 임선은 진정하곤 했다.

　이모는 작은 빵가게를 운영해서 생계를 꾸려가고 있었다. 이모가 퇴근하여 돌아온 어느 날 유난히 힘들어하는 임선을 첫날처럼 포근히 안아주었다.

　"선아…. 이제 넌 내 딸이야…."

　이모의 그런 한마디와 엄마 같은 품은 임선을 변화시키고 있었다. 꽁꽁 얼어 굳은 표정에 물기가 느껴졌다.

　주말이면 빨래를 해서 옥상에 널던 이모. 봄기운이 가득한 어느 주말 아침…. 이모가 빨래를 들고 옥상으로 가려는데 임선이 따라나가려고 했다. 깊은 수렁에서 헤어나지 못할 것만 같았던 임선에게서 처음으로 희망을 본 이모는 기쁨을 감추지 못했다. 이모는 임선의 손을 꼭 잡고 옥상으로 올라갔다.

믿음으로 다시 선 세상

.

.

.

3년 후. 어느 여자고등학교의 쉬는 시간….

어제 치른 시험에 대한 얘기로 여기저기 모인 학생들이 수다 중이 었고 임선도 그들 사이에 끼어 환하게 웃고 있었다. 밝은 표정에 긴 머리, 원피스 교복의 임선에게서 앞을 볼 수 없는 것을 제외하면 그 날 사고의 흔적을 찾아볼 수 없었다.

임선이 시각장애인으로 일반 고등학교에 입학한 것은 특별한 경 우였다. 사고로 중학교 졸업을 하지 못한 임선이 검정고시를 만점 으로 합격하며 일반고에 다니고 싶다는 의지를 드러낸 사연이 지역 신문에 소개되었다. 이후 집 근처의 여자고등학교에서 연락이 왔고 학교 측의 배려로 입학까지 이어졌다. 검정고시 만점에다 일반고 진학 까지. 어느 부모 못지않은 이모의 교육열이 있어 가능한 일이었다.

하지만 학교 측의 제한된 배려뿐 일반학생들과 같은 환경에서 공부해야 하는 것을 감수해야만 했다. 이모의 역할은 등하교까지였고 교내에서는 이동할 때마다 짝지의 도움을 받아야 했으며 상대적으로 느린 점자책임에도 수업의 진도에는 예외가 없어서 수업내용을 필기보다 녹음에 의지했다. 사소한 불편까지 하면 말로 다 못하지만 하나하나 적응해나가는 임선의 의지는 더 대단했고 쉬는 시간은 물론 집에서도 열심히 했다. 담임의 지시가 있어 그런지 짝지는 살뜰히 챙겨줬고 반 아이들도 불편함 없이 대해줬다.

입학한 지 3개월 만에 학교생활에 적응한 듯 임선은 활달하고 자연스러운 모습이었다. 어제 여고 입학 후 두 번째 시험을 치르고 성적발표를 앞둔 교실은 시험에 대한 얘기들로 한창이었다.

"야, 쟤 설마 이번에도 국영수 만점 아니겠지~."

"그걸 말이라고 하냐? 그땐 운이었지 절반만 맞춰도 대단한 거야~"

첫 학력고사에서 만점 과목이 절반 이상이었던 임선을 두고 임선의 실력을 믿지 못하는 반 아이들의 반응이었다. 이내 곧 담임이 들어오자 조용해진 교실은 긴장감이 흐르고 드디어 성적발표를 했다.

"이번 중간고사 우리 반 1등은~ 예체능이 가장 저조한 사람이다. 정임선!"

"네…"

"네가 우리 반 1등이다!"

몇 과목 만점이 아니라 반에서 1등이라…. 모두 귀를 의심하는 표정으로 서로를 보고 있고 임선도 생각 못 한 결과에 의아해했다.

"예체능을 제외하곤 거의 만점이라 가능한 결과야. 불리한 조건에도 1등 한 임선에게 모두 박수!"

"우~ 왁~ 대박~. 대단해~. 저번 시험도 우연이 아니었네~"

첫 시험 때 우연일 거라던 분위기와는 다르게 모두 놀란 표정을 지었고, 박수와 탄성이 쏟아졌다. 이후 보는 시선도 달라져 짝지 외에 대화 상대가 없었던 임선에게 적극적으로 말을 거는 반 친구도 생겨났다. 우수한 공부성적은 학교생활의 적응에 상당한 도움을 줬다.

또 방학을 앞두고 찾아온 기말시험…. 예체능 성적에 아쉬워했던 담임선생님은 가끔이지만, 임선에게 조언과 개인지도까지 아낌없이 해줬다. 임선은 담임의 도움 덕분이었는지 전보다 높은 점수로 기말시험도 반에서 1등을 했다. 불리한 조건에서의 1등은 선생들 사이에서도 화제였고 다른 반까지 알려져 유명세를 탔다.

처음과 달리 말도 많아졌고 한결 밝아진 모습의 임선은 학교생활에 완벽히 적응한 듯 보였다. 당연히 기뻐한 이모는 반 친구들에 답례 차 한 달 전부터 매주 금요일 아침이면 직접 만든 빵을 반 학생 수만큼 가지고 왔다.

점심시간 임선이 빵 상자를 자신의 책상에 올려 놓으면 반 친구들이 하나씩 가져가는 식으로 나누어주었다. 2학기 시험도 1등으로 시작한 임선은 기뻐하는 이모와 주변의 호응에 학교생활이 이보다 더 좋을 순 없었다.

반에서는 말이라도 한번 붙어보려는 친구와 공부 방법을 묻는 친구, 숙제 문제를 물어보는 친구, 과자를 건네는 친구, 굳이 화장실을 안내하겠다는 친구 등등. 초등학교 때 전교 1등을 해도 이런 반응은 아니었다. 예전에 바이올린을 연주하던 석진이 떠올랐다. 이런 기분이었을까? 마치 석진이 된 것 같기도 했다. 늘 구애받는 듯한 느낌의 학교생활이 처음엔 부담도 되었지만, 그것마저 익숙해져갔다.

그리고 또 중간고사를 치른 다음날 오후. 담임이 성적 발표를 하는데 역시 1등은 임선이었다. 성적 발표와 수업 종료를 알리고 담임이 빠져나간 교실은 가방을 챙기던 학생들로 어수선했다. 그때 교실 분위기를 일순간 얼어붙게 한 한마디가 뒤에서 흘러나온다.

"햐~ 우째~ 우리 반은 맨날 봉사가 1등 하냐!"

저음에 비꼬는 듯한 누군가의 한마디에 교실 안은 일순간 정지된 듯 침묵이 흘렀다. 그 한마디는 반 아이들이 잊고 있던 자존심을 건드는 것이었다. 귀를 의심케 하는 한 마디에 멘붕이 되어 버린 임선에게 누군가 다가온다.

"야…. 넌 뵈는 게 없어서 맘 편하겠다~."

아니꼬운 한마디 던지고 가는 그녀는 소위 반짱이라는 박세희였다.

그날부로 교실은 예전과 다른 기류가 흐르기 시작했다. 쉬는 시간이면 반 친구들의 수다 떠는 소리로 시끌벅적하던 교실이 조용해졌고 빠짐없이 찾아와 말을 붙이던 민정이도 오지 않았고 짝지마저 필요한 말 외 침묵했다.

점심시간이면 임선의 주변을 둘러싸던 친구들은 썰물처럼 빠져나갔고 세희의 한마디로 불과 하루 사이에 180도 달라진 임선에 대한 시선⋯. 그리고 교실의 분위기. 왕따란 것일까⋯.

보이지 않아 상황파악을 못 하는 건지 임선의 표정은 변함이 없이 미소를 머금고 있었다. 그런 임선에게 처지를 알려주려는 듯 세희가 짝지와 교실 밖으로 나가려는 임선의 어깨를 치고 지나간다.

넘어질 뻔한 임선은 누군지 모를 상대에게 오히려 미안하다는 말을 남긴다. 학교에서 워낙 유명인사가 된 임선이라 대놓고 따돌리기란 부담스러운 것이리라. 반에서나 왕따이지 내부 사정을 모르는 밖에서는 여전히 알아보는 학생들로 인기스타였다. 그렇게 임선에게 교실 안과 밖의 체감온도는 극과 극으로 치닫고 있었지만 모른 척하는 건지, 본래의 성향인지 어디에서나 한결같이 미소를 띤 임선이었다.

왕따가 된 이후 첫 금요일이었다. 상황을 전혀 모르는 이모는 밝게 웃으며 임선을 교실까지 데려다 주고 빵 상자도 놓고 갔다. 매번 그랬듯 점심시간이 되자 책상에 빵 상자를 올려놓은 임선.

책상에 올려놓기 무섭게 금방 비었던 빵 상자가 점심시간의 중반이 지나도 누구 하나 가져가지 않아 그대로였다. 이모가 새벽에 일어나 만든 정성을 생각하니 마음이 무거워진 임선이었다.

오후가 되어 임선이 열외가 된 체육시간이었다. 빈 교실에서 홀로 책을 읽고 있던 임선은 문득 떠오른 생각이 있는지 상자 속에 그대로인 빵을 꺼냈다. 그리고 힘겹게 책상을 더듬어 서랍에 하나씩 넣어 놓았다. 빵을 다 넣고 나니 개수가 맞아떨어져 임선은 흐뭇했다.

체육시간이 끝나고 자신의 자리에 앉은 반 친구들이 하나둘 빵을 발견하는데 어찌할 바를 몰라 빵을 쥐고 고민하는 친구, 세희의 눈치를 보는 친구, 못 본 체하는 친구 등 반응이 제각각인 가운데 정미가 빵을 박스에 도로 넣었다. 정미를 시작으로 고민하고 눈치 보던 다른 친구들도 빵을 박스로 가져갔다. 박스에 빵이 반즈음 채 워지고 빵을 반납하는 행렬이 뜸해지자 빵 하나가 임선을 향해 날아가더니 얼굴을 맞혔다. 그리고 다가온 그녀가 협박하듯 말한다.

"야! 깜박아, 너지! 한 번만 더 쓰레기 책상에 넣어두면 가만 안 돼!"

역시 세희였다. 깜빡이…. 왕따가 된 후로 반 친구들은 임선을 그렇게 불렀다. 임선이 화를 낼 상황에 눈을 깜박이는 것을 발견한 누군가 붙여 준 별명이었다. 세희는 임선에게 엄포를 놓고 주변에 눈을 흘기고 있었다. 그 행동은 누가 봐도 빵을 반납하지 않은 학생들에 대한 경고이기도 했다.

그렇게 절반만 찼던 박스가 마저 빵으로 채워졌다. 세희가 모두 빵을 넣었다 믿고 썩소를 짓고 있을 때였다. 맨 뒷좌석에서 보란 듯이 큰소리를 내어 빵 봉지를 뜯는 이가 있었다. 껌을 씹듯이 빵을 먹는 유일한 그녀. 이해라였다. 잠시 노려보는가 싶더니 해라의 시선을 피해 고개를 돌리는 세희….

해라는 학교 짱도 맞서길 꺼리는 육상부 소속이었다. 항상 말없이 홀로 지내는데 따돌림을 당하는 임선과 달리 본인 스스로 택한 아웃사이더 같은 존재였다. 때문에 해라는 큰 체격인데도 보지 못하는 임선에겐 같은 반이지만 가장 낯선 존재였다.

빵 하나를 다. 씹어 먹은 해라가 일어서더니 임선에게 다가왔다. 그리곤 책상 위 빵 상자째로 들고 교실 밖으로 나가버리자 모두 멍하니 보고만 있었다. 곧 해라가 빈손으로 들어오고 옆 반의 반장 진주가 뒤따라 들어오며 해라에게 물었다.

"이해라! 저 빵 상자 왜 우리 교실에 두고 가는데?"

"보면 몰라! 니들 먹으라고 주는 거야 여긴 먹을 사람 없으니까 줄 때 나눠 먹어."

"정말이지? 알았어. 나중에 딴말하기 없기다."

생각 없이 들어와 삭막한 교실 분위기를 뒤늦게 파악한 진주가 주변을 살피더니 빵 상자를 들고 나가버린다.

해라의 행동에 감히 딴지를 걸 사람도 없었지만, 빵을 스스로 포기한 반 아이들이 뭐라 할 입장도 아니었다. 그렇게 빵은 해라에 의해 옆 반의 몫으로 돌아가며 조용히 마무리되었다.

따돌림에도 아무렇지 않은 듯 당당해 보이는 임선에게 반 학생들의 악행은 더욱 심해졌다. 아끼던 성경책을 가져가고 가방에 달린 악세사리 인형을 떼어가고 식당에서 반찬을 채가고 신발에 접착제

를 붓는 등등. 그래도 임선은 아무것도 아닌 척하는 것인지 주눅
들지 않고 무덤덤하게 지냈다.

그렇게 한 달이 넘게 임선이 따돌림을 당하며 지내던 어느 날. 5
교시 수업의 종료를 알리는 벨이 울리고, 화장실이 급한 임선이 짝
지 민서에게 안내를 부탁하려는데 자리가 비어있었다. 학기 초 임선
의 활동보조인 겸 짝지를 자청했던 민서에게 가장 중요한 임무는 화
장실 안내였고 담임선생도 특히 당부한 것이었다. 때문에 세희와 반
아이들이 왕따를 시켜도 화장실 안내만큼은 건들지 못하는 성역
같은 것이어서 두고 보기만 할 뿐이었다. 그런데 벨이 울리자마자
급하게 사라진 민서… 의도된 것이란 의심하게 한다.
이런 상황이 처음이라 무척이나 당황스러운 임선.
"민서야! 민서… 민서야!"
"…"
"애들아~ 누가 좀 도와줄래? 나… 화장실이 급한데…"
다급함에 체면, 자존심 따위를 생각할 겨를이 없이 나온 말에 누
구도 대답하는 이가 없었다. 결국 홀로 더듬거리며 교실을 나가다.
넘어졌다. 그래도 누구 하나 나서지 않았다.

힘겹게 출구를 찾아 복도로 나온 임선. 혼자는 처음이지만 수도
없이 다녔던 화장실은 오른쪽 복도의 끝에 있었던 것 같다. 손을 벽
에 대고 길잡이 삼아 복도 끝을 향했다. 코끝에 전해지는 암모니아

의 냄새가 가까워오고. 거의 화장실에 다다랐을 즈음 화장실 청소를 하는지 물 호스로 물 뿌리는 소리가 들린다.

화장실 입구에 도착하자 누군가 급히 옆으로 나갔다. 향수 같은 냄새가 코를 찌른다. 화장실 문턱을 넘어 급히 들어가는데 꽈당~ 넘어져 버렸다. 다시 일어나다 넘어지고 또 넘어지고 어떻게 된 일인지 바닥이 너무 미끄러워 도저히 일어날 수가 없다. 거의 기다시피 해서 화장실로 겨우 들어와 용변을 보는데 다시 누군가 바닥에 물을 뿌리는 소리가 들린다.

어떤 음모가 있는 것 같다. 그래. 이 시간에 화장실 청소는 아니다. 볼일을 보고 나와 화장실 벽에 납작 붙어 한 걸음 한 걸음 옮기는 임선. 중심을 잃어 헛디뎠는데 들어올 때처럼 미끄럽지가 않다는 것을 알 수 있었다. 복도로 빠져나오자 온몸에 샴푸 냄새가 진동하는데 누군가 고의로 뿌린 것이다.

"따르르르르릉 따르르르르르릉~."

아차! 수업을 알리는 벨 소리. 빨리 교실로 가야 한다. 화장실로 갈 때보다 능숙해진 걸음으로 복도를 걸어가는 임선이었다.

짝지와 늘 다니던 복도라 익숙한 탓인지 생각보다 쉽게 교실문을 들어섰다.

"쉿, 깜박이다…."

들릴 듯 말 듯한 소리가 귀를 스친다. 입구에 들어서자 쥐죽은 듯 조용한 교실. 임선은 그야말로 물에 빠진 생쥐 꼴이었다. 상기된 얼굴에 헝클어진 머리에 온통 젖은 몸에 샴푸 냄새. 히죽히죽 웃음

소리가 새어 나왔다. 교단에 서 있을 선생님을 향해 고개를 숙이는 임선.

"느… 늦어서… 죄송합니다."

임선은 잔뜩 긴장하고 있었다. 인사하고 제자리로 가려는 그때….

"키득키득~ 푸하하하~."

순식간 교실은 웃음바다가 된다. 임선은 영문을 모른 채 어리둥절 서 있다가 이내 곧 아뿔싸… 아침에 수학 선생님의 결근으로 5교시 수업은 자율학습이라고 전달받았다는 사실을 깨달았다.

일부러 조용했던 그것 역시 반 아이들의 속임이었다. 그제야 알아차린 임선도 크게 웃음을 터뜨린다.

"푸하하하하하~."

반 아이들의 박장대소를 초월할 듯한 임선의 웃음소리에 반전되는 교실 분위기. 모두 웃음을 멈추고 웃고 있는 임선을 주시한다.

혼자 웃다 뒤늦게 웃음을 멈춘 임선…. 반 아이들의 예상이 빗나가도 너무 빗나갔다….

분명 굴욕이고 그래서 분노하거나 울음을 터뜨려야 하는데 뭔가 잘못된 것이다. 도무지 어떤 매질에도 눈물 한 방울 없이 눈만 깜박일 뿐이고, 지금은 오히려 기뻐하는 꼴이다. 보다 못한 세희가 인상을 쓰며 임선에게 다가간다. 들고 있던 물컵을 임선 머리 위에서 기울이자 물줄기가 머리에서 얼굴을 타고 흘러내린다.

"야, 샴푸로 샤워했냐? 그럼 제대로 헹궈야지. 샴푸 냄새로 교실을 샤워장 만들 일 있냐!"

다시 조용한 가운데 여기저기 웃음소리가 새어 나온다. 세희가 다시 정수기로 가서 이번엔 뜨거운 물을 담아 임선의 얼굴에 부으려 할 때였다. 그런데 세희의 손목을 잡아채는 큰 힘이 있었다.

아웃사이더 해라였다.

교실 분위기는 험악해졌고 반 학생들의 모든 시선이 세 여자를 향한다. 세희를 밀치고 임선 앞에 선 해라가 저음에 느리고 고압적인 말을 뱉어낸다.

"야! 보이는 게 없으니 왕따가 된 것도 모르겠냐. 잘 들어. 너 왕따야. 네 이모가 이러고 다니는 거 퍽이나 좋아라 하겠다. 빨리 이모한테 말해서 전학 가든지 선생한테 일러바치든지 하란 말야. 그렇게 당하고 왜 참아?"

평소 같지 않은 해라의 돌출 행동에 반 아이들도 긴장하고 있었다. 임선에 전혀 무관심할 것 같았던 해라의 간섭이고 해라와 임선의 첫 대면이었다.

이모를 언급하는 것이 상당히 거슬리는지 임선의 표정이 일그러졌다.

"왕따가 고작 이런 거였어? 전혀 아무렇지 않으니 남 일에 신경 끄고 니 일에나 신경 쓰지!"

화난 듯 언성을 높인 임선의 모습에 반 아이들이 더욱 놀란다. 그런 임선의 모습은 처음이기도 하거니와 세희도 감히 대들지 못하는 해라에게 임선이 화를 낸 것이다.

'허걱… 진짜 뵈는 게 없나 보다….'

'쟤는 이제 죽었다~.'

여기저기 임선을 염려하는 말들이 튀어나오고 해라가 긴 한숨을 내쉬더니 말했다.

"그래 뵈는 게 없으니 내가 누군지 알 리 없지. 갈쳐 줘!"

"아니 그럴 필요 없어! 이해라! 별명 공부해라, 무식해라! 육상부 팀 에이스. 운동선수인데 키 178, 몸무게 65. 한바다 초등학교 때 학교 짱이었고, 현재 할머니와 지내고…. 한 해 늦게 들어와 동기들보다 한 살 많고…."

"그만!"

"보지 못한다고 아무것도 모를 거라 착각하지 마!"

말 한 번 붙여본 적 없는… 그것도 시각장애인 그녀가 마치 자신의 모든 것을 아는 양 정확히 술술 쏟아내는데… 세상에 두려울 게 없던 해라가 당황했다.

해라는 잠시 멍해졌다 겨우 떠오른 한마디를 던졌다.

"너…. 스토커냐?"

"전혀 관심 없거든! 눈이라면 감았겠지만, 귀로 들리는데 어쩌라고."

반 아이들의 뒷담화에 의한 정보라니…. 해라가 굳은 인상으로 반 아이들에게 눈을 흘긴다.

"흠…. 어쨌든~난 네가 왕따라는 걸 모르는 것 같아 알려주려는

거야. 화장실 안 데려다 준 것도 바닥에 샴푸를 뿌린 것도 애들 짜
고 한 일인 거 몰랐지?"

"넌 그걸 이제 알았냐…"

"그럼 알았는데 그 꼴에 웃음이 나와…. 미친 거 아냐! 자꾸 아닌
척하니까 더 심해지는 거 모르냐고~."

해라가 좀 전의 고압적인 말투에서 한풀 기세가 꺾여 타이르듯
말하자 임선도 조용히 또박또박 대꾸했다.

"난 집 옥상 말고 혼자 갈 수 있는 곳이 없는 줄 알았어~. 아니
상상도 못 했어. 집에서는 이모! 학교에서는 짝지가 있어야 움직이
는 것이 당연한 것이었지!

그런데 방금 화장실을 혼자 다녀왔어! 내가 혼자 화장실을 처음
으로 다녀왔다구~. 네게는 일상이고 당연한 것이 내겐 대단한 일이
고 엄청 기쁜 일이고 기적 같은 일이기도 해! 그래서 정말 좋아서
웃는데 뭐가 잘못됐지? 그리고…."

"야! 닥치고…."

세희가 임선의 말을 막으며 끼어들려 하자 손으로 세희를 밀치며
막는 해라.

"그리고? 계속해봐~."

당돌하지만 설득력 있는 해명에 묘한 공감을 느낀 해라가 임선의
말을 끝까지 들어 보려 했다. 계속 남은 말을 쏟아내는 임선.

"그리고…. 네 눈으로 보이는 것이 전부인 것 같지! 보이지 않는
것이 없을 것 같지? 그 오만함으로 남들은 다 보는데 너만 못 보는

게 있다는 거 모르겠지?"

"…"

"책을 가져갔던 친구가 돌려주고 다시 빵을 가져가는 애도 있고 또 점자로 사과의 글을 남긴 친구도 있어!

또 조금 전 누군가는 화장실 바닥에 샴푸를 뿌렸겠지만, 또 누군가는 물을 뿌려 지우려 했던 건 몰랐을 거야! 넌 보는 것만 믿을 테니 확인하고 싶으면 책상을 보든 화장실에 가보든가!"

세희가 임선의 책상으로 다가가 서랍을 확인하는데 자신이 창밖으로 던졌던 책이 눈에 들어왔다. 임선의 말이 근거가 있음을 확인한 세희가 못마땅한 눈초리로 주변을 살피자 반 아이들이 모두 시선을 피했다. 임선이 해라를 마주 보고 하는 말이지만 모두에게 알리려는 의도가 있는 발언이었다. 반 아이들은 생각지 못한 임선의 말을 모두 진지하게 듣고만 있었다.

"그러니 모두 네 마음 같을 거라 생각 마!

난… 믿어. 애들이 예전의 친구로 돌아올 거라 믿는다고. 항상 믿음대로 이루어졌듯이 그렇게 될 거야."

"풉~. 우물 안 개구리가 아주 판타지소설을 쓰는구만~. 그럼 니가 앞을 보는 상상은 안 해봤냐?"

비꼬는 말투에 정곡을 찌르는 세희였다. 그래도 막힘이 없는 임선.

"그래 그건 내가 제일 많이 하는 상상이고 무엇보다 바라는 거야.

그런데 믿음이 없어…. 너희가 다시 예전의 친구로 돌아올 거란 당연한 믿음. 그런 믿음이어야 하는데….

너무도 당연한 것인 듯, 한 치의 의심도 없는 그런 자연스러운 믿음이어야 하는데. 내가 앞을 볼 수 있다는 믿음에는 언제나 의구심이 생겨났어…"

좀 전의 거만한 표정을 지운 해라가 한숨을 길게 쉰다.

"휴~ 그건 그렇고~ 다른 반 애들이 우리 반 1등은 봉사란다. 너 때문에 우리 반이 무시당하는 것은 알고 있냐?!"

그것은 예상치 못한 말이었고 임선에겐 충격이었다. 자신 때문에 반 친구들이 다른 반 애들에게 무시를 당하다니…. 잠시 막혔던 말문을 열었다.

"내가 이모에게 해줄 수 있는 것이 그것뿐이라서…. 날 위해 모든 것을 바친 이모에게 앞을 보지 못하는 내가 해줄 수 있는 것이 공부 1등뿐이라서 그랬는데…. 그것 때문에 너희들이 무시당할 거란 생각은 못 했어. 아무튼 그게 사실이면 미안하게 됐어."

좀 전까지 당당했던 임선의 기운이 한풀 꺾인 모습이었다. 반면 이 기세를 놓칠세라 세희가 다시 끼어든다.

"미안할 거 없어! 1등을 그만두든가~ 너만 없어지면 돼!"

"…"

"아니! 그 방법 말고 하나 더 있어! 이번 모의고사에서 반 1등이 아니라 아예 전교 1등을 해버려라~. 그럼 해결되는 거잖아~. 아니면 세희 말대로 해야지."

해라의 중재안을 듣고 보니 예체능이 없는 모의고사라 가능할 것 같기도 하다.

"… 그래. 이번 중간고사부터… 도전해볼게… 한 번이면 되겠지?"

"뭐가?"

"전교 1등."

"좋아! 많이도 필요 없고 한 번만 해봐라. 무시한 인간들 입 닫게 하는 데는 한 번이면 충분하다."

다 들으라는 듯 큰 소리로 말하던 해라가 임선의 귀에 대고 속삭였다.

"근데 1등 하기 전까지는 계속 왕따는 감수해야 할 거야."

"…"

다시 해라가 뒤돌아서서 반 아이들에게 경고했다.

"잘들 들었지? 얘가 이번 모의고사 전교 1등 하면 우리 반만 무시 당할 이유가 없어지는 거고 왕따의 이유도 없어지는 거고! 그리고 앞에서 따돌리는 척하고 뒤로 사과하고 그러지 마라~. 니들은 줏대도 없냐? 얘가 우리 반 1등 해서 무시당하는 것보다 32명이 1명 눈치 보는 게 더 쪽팔리는 거야~.

알아서 처신들 하란 말야!"

32명이 눈치 보는 한 사람은 누가 들어도 세희였고, 그 세희는 뒤돌아 가는 해라를 노려보고 있었다.

모두에게 경고를 끝내고 제자리로 돌아가다 임선의 짝지 앞에 선 해라.

"야! 너! 다음 시험 때까지 다른 건 몰라도 인간적으로 화장실은 데려다 줘라! 누가 뭐라면 나한테 일러! 알았냐?"

"… 어…. 그래…."

그렇게 전교 1등의 계약 체결로 화장실 소동은 마무리되었다.
이후 해라의 눈치를 보는 아이들이 임선의 공부를 방해하는 일은
없었고 덕분에 임선은 오직 모의고사 공부에만 열중할 수 있었다.

수업시간은 말할 것도 없고 쉬는 시간과 점심시간도 화장실을 제
외하곤 책상에 붙어 있었다. 그뿐 아니었다. 학교수업을 마친 임선
은 이모를 설득해 도서관에서 늦게까지 공부를 했다. 그야말로 공부
에 미쳐있는 모습이었다.

그렇게 모의고사를 치렀고 드디어 오늘 시험 결과 발표가 있는
날인데 교실로 들어오는 담임선생의 표정이 굳어 있었다. 평소 말
많고 유머스러운 남 선생의 무거운 모습에 모두 멀뚱멀뚱 서로의 눈
치를 보고 있었다.

눈이 되어 줄 친구와의 만남

.

.

.

교단에 선 담임이 학생들을 보며 땅이 꺼질 듯 한숨부터 내쉬자 교실 안에 긴장감이 깔렸다. 쥐죽은 듯 조용한 가운데 성적발표를 하려는 담임.

"이번 모의고사는 우리가 꼴찌다!"

담임이 들어오기 전까지만 해도 자신들의 성적보다 임선의 시험 결과를 궁금해하며 떠들던 반 아이들이 담임의 첫마디에 각자 자신들의 성적을 걱정하는 처지로 분위기가 반전되었다. 한쪽 구석의 세희는 썩소를 짓고 있었고. 담임은 특유의 말투로 학생들을 질책했다.

"꼴찌가 뭐냐…. 쯧쯧…. 내가 너희들을 너무 풀어줬어. 앞으로 각오해야 할 거야. 이 한심한 시험결과의 책임을… 기말고사 결과와 함께 묻겠다! 한 번 더 기회를 주겠다는 것이야! 왜냐고? 전교 1

등이 우리 반에서 나왔기 때문이거든!

모두 전교 1등을 한 정임선에게 고마워하고 축하나 해줘라."

"우와~!"

순간 모두 자신의 일처럼 기뻐하는 학생들의 박수갈채로 교실은 떠나갈 듯했다. 최대한 엄포를 놓기 위해 연기를 했던 담임도 활짝 웃고 있었고 구석의 세희는 표정과 어울리지 않는 박수를 치고 있었다. 그렇게 임선은 자신의 믿음처럼… 기적적으로 전교 1등을 해냈다. 그날부로 왕따의 딱지를 떼는 것은 물론 반의 스타에서 학교의 스타가 되었고 교장 선생님까지 축하해주었다.

임선의 전교 1등… 그것은 이모를 위한 것이라기보다 얼어붙은 채 바뀌지 않을 것만 같았던 아이들에게서 느낀 몇몇 희망에 대한 답이었고 믿음의 힘을 무시하는 대다수에 대한 반항이기도 했다. 존재감 없이 조용히 지내던 해라가 임선과 세희의 일에 나선 것이 결과적으로 기회가 되었는데 해라는 왜 군이 부담을 안고 그 일에 끼어들었는지는 후에 반 아이들의 궁금증을 자아냈다.

다른 상황의 왕따지만 동변상련의 감정으로 임선을 도왔을 거란 생각이 대부분이었고 부모님의 이혼으로 줄곧 할머니와 지내는 것 또한 이모와 지내는 임선과 비슷한 처지라서 도왔을 거란 추측이 오갔다. 다시 밀물처럼 임선에게 몰려와 감싼 반 아이들이 히히덕거렸다. 그런 광경을 맨 뒷좌석에서 지켜보는 해라. 임선을 바라보는 그녀의 표정에도 미소가 번졌다.

담임선생은 뒤늦게 임선의 따돌림과 해라의 개입으로 해결되었다는 사실을 알게 되고 해라를 임선의 짝지로 앉히며 해라가 임선의 활동보조까지 맡게 되었다.

그렇게 두 사람은 급격히 가까워졌고 절친이 되어갔다.

탈도 많았던 여고 1년을 보내고 겨울방학을 하루 앞둔 날이었다. 종업식을 마친 학생들이 교문으로 빠져나가고 있고 어울리지 않을 것 같은 임선과 해라도 다정하게 귀가 대열에 섞여 걷고 있었다.

"화장실에서 교실을 의외로 쉽게 찾아온 데다 네가 누구보다 크게 웃은 건 대박이었지. 하하. 그때 정말 아무렇지 않았어?"

"그런 척한 거지. 오직 이모에게 알려질까 그것이 두려웠던 거야. 검정고시 합격에, 일반고 입학에, 적응은 물론 공부 1등에… 학교에선 인기스타…. 이모는 그럴 때마다 뛸 듯이 기뻐했지. 그런 이모가 내가 왕따당하고 있다는 사실을 알았으면 아마 기절했을 거야. 히히. 결과적으론 네 덕분에 해결됐지만~."

"그랬구나. 진작에 말릴걸…"

"아냐, 충분히 고마워~."

해라의 팔을 잡고 걷던 임선이 뭔가 떨어진 것 같다며 뒤를 봐 달라고 하자 해라가 몇 발짝 뒤 작은 책 한 권이 땅바닥에 떨어진 것을 발견하고 주워 온다.

"네 성경책이야~. 이렇게 어수선한데 책 떨어지는 소리를 듣냐? 대단해~."

"가방의 왼쪽 포켓이 열렸나 보네. 어… 근데 너 어떻게 점자성경책인 줄 알았어? 점자를 읽을 줄 알아?"

"… 아… 니… 생긴 것이 그런 것 같네."

실언을 한 듯 해라가 말을 더듬었다.

점자성경책은 임선이 암흑 같은 방에서 바깥세상으로 나온 그해 생일 성당에서 이모가 빛과 같은 것이어서 눈을 뜨게 해줄 거라며 선물한 책이었다. 임선은 점자성경책을 읽기 위해 점자를 공부했고 성경책을 읽으며 과거 상처를 지워나갈 수 있었다. 성경책을 읽기 위해 시작한 점자공부는 학교공부로까지 이어져 결과적으로 지금의 임선을 있게 한 것이 되었다. 이제 손때가 묻은 성경책은 읽기 위함보다 항상 책가방 주머니에 넣고 다녀도 위안이 되는 수호신 같은 임선에게 특별한 물건이었다.

누구에게도 말한 적 없고 내용뿐 아니라 표지판도 점자라 아무도 모를 거라 생각했고 작고 두꺼운 것이 누가 보더라도 사전이라 여길 만했다. 어떻게 지퍼가 열렸는지 책이 떨어졌고 해라가 성경책이라는 것을 알고 있는 것이었다. 뭔가 짚이는 것에 말없이 걷던 임선이 벤치에 쉬었다 가잔다.

공원 벤치에 앉은 두 사람. 임선이 머뭇거리던 말문을 열었다.

"왕따였을 때 가장 속상했던 일은 내가 가장 아끼는 성경책이 없어진 거였어. 이틀 만에 책상 안에서 발견되었는데 누군가 가져다 놓았나 봐. 훗날 애들이 세희가 창밖으로 던졌다고 말해주더라. 그

런데 누가 찾아서 가져다 놓았는지 몰랐는데…. 너였구나. 해라 네
가 갔다놨지?"

"그게…. 어…."

해라는 선뜻 말하지 못했고 임선은 또 짚이는 것들을 털어놓았다.

"뿐만 아니라 '미안하다'는 점자로 사과글의 쪽지도 네가 보냈지?

또 그날 화장실 샴푸 냄새가 너에게도 났어. 그래서 네가 샴푸를
뿌린 줄 알고 있었는데…. 넌 뿌린 게 아니라 지우려 했던 거야 샴
푸를 급히 지우려다 오히려 미끄럽게 한 것도 너였던 거지? 성경책
을 찾아주고… 화장실 바닥의 샴푸를 지우고… 점자의 사과글을
남기고…. 세희의 횡포를 막고… 모두 네가 한 일이었어. 너 혼자….
맞지? 이제 사실대로 말해봐!"

"…."

대답을 머뭇거리는 해라에게서 임선은 확신한 듯 말하였다.

"아무도 몰래 네가 혼자 한 일이니 모른 척했겠지….

그것도 모르고 내 편이 많은 것처럼 말한 내가 우스웠겠구나."

듣고만 있던 해라가 그제야 말문을 열었다.

"아냐! 애들이 행동으로 하지 못한 걸 내가 대신 한 것뿐이야!

난 애들이 세희의 압박으로 마지못해 너를 따돌리는 광경을 여러
번 목격했어. 그때 세희를 막은 내 행동을 반기는 분위기였고 모두
들 원했던 거야."

모두 해라 혼자 한 일이었다니…. 허탈하기도 하고 고맙기도 한
임선.

"여러 친구들이라 생각했는데…. 네 혼자 한 일이었다니 후후. 근데 왜 그랬어. 아무도 몰래 나의 수호천사처럼 행동하고 특히 곤경에 처할 수 있었던 화장실 사건에서 세희를 저지하기까지 했던 것은 이유가 있을 텐데.?"

"…."

"정말 단순히 반 애들을 대변하겠다는 정의감 때문이었어?"

"아니. 나 역시 왕따와 같았는데…. 무슨 반 애들을 대변하겠냐. 그건 아니야. 그저… 니가… 남 같지 않아 보였어. 동변상련이라고 해야 하나…."

"그랬구나. 반 애들의 추측이 맞았어. 집에서나 학교에서나 비슷한 처지였으니…. 됐어. 여기까지만 하자."

평소 집안 얘기를 꺼리는 해라를 배려해 임선이 화제를 돌리려 했다.

"늦었지만 어쨌든 고마워! 네 덕분에 왕따를 벗어날 수 있었던 건 사실이야. 근데 점자는 어떻게 알았어?"

임선이 화낼까 봐 의기소침해 있던 해라가 임선의 긍정적 반응에 고무되어 대답했다.

"당연히 인터넷에서 알았지. '성경', '미안해' 그것밖에 몰라. 헤헤."

"그랬구나. 하하. 정말 고마워…. 네 덕분에 왕따에서 벗어날 수 있었고 전교 1등도 해봤으니. 후후."

"그게 어떻게 내 덕이냐 네가 공부를 열심히 한 결과지. 암튼 그렇게 생각해주니 고맙네. 정말 넌 대단했어. 정확히 한 번의 1등이었지만. 후후."

"하하. 예체능 때문에 힘들지~."

임선에게 뜻밖에 고맙다는 말을 들은 해라는 한층 편해진 듯 지난 소회를 밝혔다.

"네가 화장실을 다녀온 그날 넌 나에게 마치 다른 세상의 언어 같은 말들을 쏟아냈어. 애들은 너의 생소한 말에 적응 못 하는 분위기였지만 난 묘하게 설득되는 기분이더라. 네 믿음이 네 말이 착각만이 아니란 생각이 들었어. 네가 말하는 당연한 믿음. 현실이 되는 믿음. 왠지 희망적으로 들리고 그것을 지켜보고 싶은 생각마저 들었지.

그런데 정말 시험이 끝나고 애들에 둘러싸인 채 넌 웃고 있더라.

너의 믿음을… 너의 말을 증명해 보이듯 웃고 있었지. 그날 난 기적을 보았고 믿음으로 이루어진 너의 세상을 목격한 거나 다름없었어…"

대학생활로 달라진 것들

.

.

.

5년 후.

두 사람은 소나무 아래 바위에서 첩첩산 넘어 하늘을 보고 있었다.

"네 보물인 성경책은 아직 가지고 다니냐?"

"그럼 당연하지~."

"지금 생각해봐도 화장실 소동 때 넌 정말 대찼어. 후후."

"난 얼마나 답답했는데. 내 별명 생각나?"

"별명… 뭐, 한두 개라야 말이지…."

"후후~ 그랬나? 그중 우물 안 개구리 말야 그건 사실 내가 하고 싶은 말이었어."

"아! 세희가 지어준 별명. 근데 니가 하고 싶은 말이었다고?"

"오히려 보이는 것 때문에 편견에 갇힌 너희들이 우물 안 개구리 같았거든. 후후. 그때 이후로 보지 못하는 대신 나에겐 생각의 자유가 있다는 걸 알았어. 그게 아니었으면 왕따를 벗어날 수 있었을까."

"듣고 보니 그렇네. 후후. 그건 그렇고 이번 시험도 올 A냐?"

"내가 천재냐! 말도 마. 이번엔 망쳤어~."

"어쨌든 넌 대학을 공짜로 다니고 있잖아. 부럽다, 부러워~.

그런 너를 모르고 여고 때 반 애들과 공부로 내기를 했으니 넌 속으로 쾌재를 불렀겠구나~ 후후."

"쾌재는…. 얼마나 부담됐는데! 그만하고~ 해맞이나 하자."

"헐~ 그래! 이제 북극성도 사라졌네. 여명도 절정이고.

5번 산의 돼지 구름이 6번 산으로 넘어가면서 홀쭉해졌고. 2번 산 구름은 사과 모양인데 빨갛게 아주 잘 익었다. 흐흐."

"배고프냐! 하하하."

해라는 마치 나레이션을 하듯 능숙하게 하늘의 상황을 임선에게 알려주고 있었다. 앞을 전혀 볼 수 없는 임선의 해맞이 방식이었다. 붉게 물들었던 하늘 끝이 새하얗게 색이 바래자 해라의 나레이션도 멈췄다.

드디어 첩첩산 사이를 뚫고 오르는 태양.

"하나… 둘… 셋!"

'띠리리리리리 띠리리리리리♪♫♩'

임선의 카운터다운이다. 운이 끝남과 동시 바위에 올려 둔 태양광멜로디카드에서 멜로디가 흘러나온다. 감탄사를 연발하는 해라.

"우와~ 정확해! 멜로디카드와 텔레파시가 통하나~. 후훗."

임선은 해를 마주하며 아무렇지 않은 듯 한없이 편안한 표정을 짓고 있었다. 오래전 상처에서 완전히 벗어난 것일까. 한때 임선에게 빛은 두려움 자체가 되어 바깥세상으로 나오지 못하게 막았던 것이 아니던가. 병원에서 이모의 집으로 왔을 때만 해도 해맞이의 트라우마는 상당한 것이었다. 보지 못함에도 빛 때문에 밖으로 나가지 못했음은 물론 심지어 방 안에서 전등도 켜지 못하게 하며 암흑에서 지냈다. 그런데 여대생이 된 지금 임선은 빛을 피하기는커녕 성당 뒷산에서 해맞이를 하고 있는 것이었다.

그것이 가능하게 된 것은 집 옥상의 아침 햇살로부터였다.

임선이 이모의 집으로 온 수개월 만에 한결같은 이모의 지극정성에 마음이 움직이기 시작할 때였다. 회복의 과정이었던 것일까? 종일 있는 방 안의 생활이 전에 없이 답답하게 느껴지기 시작했다.

매주 그랬듯 일요일 아침이면 빨래를 하고 옥상에 널러 올라가던 이모. 그날은 바쁜 일정 때문인지 새벽 일찍부터 빨래를 끝내고 세탁된 옷감을 들고 옥상으로 가려 할 때였다. 임선이 이모를 부르더니 옥상에 따라가겠다고 나섰고 전혀 예상치 못한 임선의 반응에 이모는 놀라지 않을 수 없었다. 이모의 이른 행보를 알고 있던 임선은 해가 뜨기 전 바깥 공기를 쐴 수 있는 기회로 생각한 것이다.

전등도 켜지 못하게 하며 깜깜한 방 안에 종일 박혀 지내던 조카가 처음으로 바깥인 옥상으로 올라가자는데 이모는 마음 바뀔까 얼른 임선의 손을 잡고 옥상으로 데리고 올라갔다.

임선을 옥상 물탱크 앞 간이의자에 앉히고 빨래를 늘고 있는 이모.
자신의 바쁜 일정을 잊고 조카의 바깥 첫 나들이에 흥이 나 콧노래까지 부르며 느긋하게 빨래를 느는 둥 마는 둥 한다. 조금이라도 더 옥상에 머물게 하고 싶은 이모였다. 간이의자에 무릎을 가지런히 붙이고 앉은 임선은 처음 듣는 이모의 콧노래에 자신이 옥상으로 나온 것이 저렇게 좋을까 싶었다. 이모의 즐거운 반응에 임선도 편안한 표정에 발끝을 흔들고 있었다.

전에 없이 평온한 표정에 콧노래에 맞춰 발끝으로 리듬을 타는 임선과 그녀를 흐뭇하게 바라보며 흥얼거리는 이모는 시간 가는 줄 모르고 분위기에 심취되었다. 그때 가지고 온 옷감을 다 널고 세탁기에 넣어야 할 옷이 남았다며 이모가 내려갔다. 이모가 자리를 비운 사이 침묵이 흐르더니 새 소리가 들리기 시작했고 누군가 살며시 손을 감싸 잡은 듯 손등으로 따뜻한 온기가 느껴졌다.

아… 왠지 알 듯한 손등으로 느껴지는 포근함. 언젠가 떼쓰며 울던 나에게 몇 푼의 동전을 쥐어주며 손등을 쓰다듬던 아빠의 따뜻한 손길과 닮아 있었던 것이다. 앗! 이것은 햇볕… 그렇다. 이미 떠오른 아침 햇살이 물탱크 옆을 지나 임선의 손등에 닿아 있었던 것이다. 그런데 그토록 두려워하던 빛에서 옛날 아빠의 온기를 느끼다니…. 마치 어둠에서 빛으로 이끌려는 아빠의 손길 같았다.

임선은 그 후 매주 이모를 따라 옥상에 올랐고 그렇게 아침 햇살은 아빠의 손으로 잡아주며 엄마의 품으로 안아주었고 끝내 태양의 앞에 마주할 수 있게 해준 것이다.

그리고 일요일까지 기다릴 수 없었던 임선이 급기야 혼자 옥상에 오르는 것에 성공하며 아무 때나 혼자서 원하는 날 옥상의 해맞이를 할 수 있게 되었다. 여고 3학년 때는 절친이 된 해라가 임선의 옥상 해맞이에 초대받고 다시 해라가 성당 뒷산에 오르자고 제안함으로써 산에서의 해맞이가 시작되었다.
해라의 도움으로 성당 뒷산까지 오른 임선은 보다 가까이서 부모님의 온기를 느끼는 것만 같았다. 그렇게 임선의 요청으로 두 사람은 여고를 졸업할 때까지 매주 빠짐없이 성당 뒷산을 올랐다.

성당 뒷산의 해맞이뿐만 아니라 담임의 추천으로 같은 반이 된 3학년 동안 둘은 학교를 비롯해 집 밖에선 어디든 한 몸처럼 붙어다녔다. 그러다 대학에 입학하면서 두 사람 사이의 변화가 시작되었다. 같은 대학에 진학했지만 임선은 사회복지를, 해라는 사회체육을 전공하며 둘이 함께하는 시간이 줄어든 것이다.

자연히 매주 오르던 성당 뒷산에 오르는 날이 뜸해졌고 임선은 옥상 해맞이로 아쉬움을 달래곤 했는데 이를 지켜본 이모가 해라 대신 약한 몸을 이끌고 성당 뒷산을 오른 적도 있었다.

오히려 임선의 부축을 더 받으며 이모는 짐이 된 것 같았고 오랜 시간을 걸려 올라온 정상에는 이미 해가 떠 있었다. 결국 뒷산의 해맞이 동행에 힘이 부친 이모는 옥상에서 해가 가장 먼저 뜨는 자리에 간이의자를 놓아두는 것으로 대신했지만. 첫 느낌의 감동을 잊을 수 없었던 임선은 간이의자를 원래 있던 물탱크 옆에 두기를 원했다.

그리고 어느 날 옥상 해맞이에 열중하고 있는 임선에게 이모는 빛을 받으면 멜로디가 흘러나오는 태양광멜로디카드를 전달하는데. 학생증 크기의 태양광멜로디카드는 임선이 항상 지갑에 넣고 다니는 애장품이 되었다.

그렇게 점점 뜸해진 성당 뒷산의 해맞이. 언제부터 잊힐 즈음이면 아주 가끔 해라의 제안으로 이루어지는 것이 고작이었다.

그렇게 수개월 만의 해맞이에서 임선은 해 뜨는 것을 정확히 맞히는 능력을 선보였고 해라는 놀라며 신기해 한다.

"넌 역시 특별한 능력을 타고났어. 거의 초능력인데. 후후."

"아냐~ 기 수련을 하면 누구든 얼마든지 가능해!"

"난 너랑 기 수련 안 하고 있냐? 난 뭐냐고?"

"열심히 안 하니 그렇지 뭐~."

"헐~."

두 사람은 1학년 때부터 명상동아리 활동을 하고 있었다.

해가 먼 산등성이를 벗어나고 울긋불긋 가을 산의 정취가 드러났다.

"아. 정말 가을이다. 수채화가 따로 없네. 너랑 같이 봤으면 좋았을 텐데."

"그만해. 네가 보는 것보다 더 예쁘거든."

"하긴 항상 니가 보는 것이 더 이뻤지. 흐흐흐."

뭔가 말하려고 임선의 눈치를 보던 해라가 말했다.

"좋아 그럼. 이 뒷산 말고 더 멋진 바다 해맞이 한번 가볼래?"

"바다, 바다는 왜 자꾸 가자고 하냐? 꼭 가야 하는 이유라도 있어?"

"뭘 자꾸야? 두 번 가지고. 아니~ 그럼 못 갈 이유라도 있냐? 여기와는 또 다른 멋이 있으니 그렇지."

"그런 거라면 난 됐어. 너나 갔다 와."

"그… 그래."

해라가 저번 해맞이 때에도 바다에서의 해맞이를 제안했었고 임선은 거절했다. 임선은 오래전 사고에 대해 이모뿐 아니라 누구에게도 말한 적이 없었으니 알 길 없는 해라는 유독 바다 해맞이를 거절하는 임선을 이해 못 하는 눈치였다. 바다 해맞이의 거절에 멋쩍은 해라가 화제를 돌렸다.

"이모는 여전하시지?"

"여전은 무슨~ 더 심해졌어. 요즘은 아예 약 먹을 때까지 지켜본다! 이제 난 그러려니 해. 이모 마음이라도 편하게 해드려야지."

"니가 눈을 뜨지 않는 한 이모의 마음이 편해질 리가 없을 텐데…."

"허허~ 맞는 말이네."

해라의 시선이 소나무에 멈췄다.

"후후후후. 아까부터 새 한 마리가 왜 날아가지 않고 소나무 주변을 맴돌까 했는데. 햇빛이 비켜나니 둥지가 보이네. 너의 말처럼 빛에 가려지는 것도 있구나."

"기특하네. 그것도 기억하고. 후후."

"그것뿐이겠냐 너의 어록이…. 내가 왕따를 벗어난 것에 일조도 했는데. 후후."

"무슨 말이야 니가 왕따를 벗어나다니? 아! 하긴 너도 그때 왕따였지. 아웃사이더. 크크크."

"아니. 대학 초에 왕따였어. 그때 너에게 말했는데…. 너 정말 그때 많이 취해서 필름이 끊겼구나. 호호호."

"… ?"

여고 때가 아닌 역시 대학 1학년 때도 해라가 왕따였다는 말에 임선은 금시초문인 듯 의아해한다. 해라는 임선에게 말하지 못했던 과거를 고백하고 있었다. 대학 초 시 주최의 대학생 체육대회가 있었는데 해라는 육상 종목에 출전하였고 해라의 팀이 릴레이에서 결승까지 진출하였지만 해라의 실수로 우승을 놓친 일이 있었다.

체육대회가 끝난 그날 오후, 강의실에 모인 팀원들은 모두 풀이
죽어 있었고 분위기가 삭막했다. 그런 가운데 해라는 조장인 성희
와 눈싸움으로 시작해서 몸싸움 직전까지 갔고 동기들의 만류로
멈춘 일이 있었다.

그리고 다음 날 해라의 가방에 달린 캐릭터 인형이 사라졌다.

임선이 왕따였던 오래전 세희가 임선의 가방에 달린 인형을 떼어
버리던 광경을 목격한 해라는 그때의 일을 떠올리지 않을 수 없었다.
그녀는 자신이 왕따를 직감했다. 자신을 보며 수군대고 남자 동기
들까지 무시하는 듯한 눈빛들. 해라 역시 가만있지 않고 째려보면
고개를 돌리는 동기들. 그리고 처음 보는 운동복의 낙서. 자신만 제
외된 과 모임…. 해라는 마치 여고 때 임선의 처지가 그대로 자신에
게 옮겨진 것만 같았다. 대학생활에 적응하기도 전에 왕따의 스트
레스는 결석으로까지 이어졌다.

자존심이 강한 해라는 임선에게도 왕따 사실을 숨기고 지냈다.

그러다 임선과의 술자리에서 만취한 임선이 기억하지 못할 거라
여기며 왕따의 괴로움을 토로했는데 임선은 술에 취했어도 자신의
일처럼 들어주고 아파해주었다. 술 깬 다음 날 임선은 정말 기억하
지 못하는 것 같았고 아무렇지 않은 듯 지냈다.

그런데 혀가 꼬인 채 해주던 임선의 말이 뇌리를 떠나지 않았다.

'눈을 더 크게 뜨니 더 안 보이지…. 차라리 보지 말라 말야. 차라

리 눈을 감으라고…'

그것은 여고 화장실 소동 때 불신과 편견에 가려진 진실을 지적한 임선의 말을 다시 듣는 것 같았다. 그것을 계기로 자신을 돌아보게 된 해라는 실수를 인정하지 않고 회피하는 자신의 모습… 미안함은커녕 오히려 동기들에게 냉랭하게 대하는 자신의 모습을 발견한다.

자존심이라면 누구에게도 지지 않던 해라가 깊은 뉘우침으로 결국 동기들을 찾아가 실수를 인정하며 사과를 하게 되었고 모든 오해가 풀리게 되었다. 후에 알게 되었지만, 왕따는 착각에서 비롯된 것이었다. 당시 성희는 조장으로서 우승 좌절의 허탈감에 빠진 동기들에게 위안이 되고 싶었고 가장 실의에 빠졌을 해라를 다독여주려 했다. 하지만 아직 서로에게 어색함이 있는 대학 초였다.

성희는 다가갈 타이밍을 고민하며 눈치를 보던 중 예민해져 있던 해라와 눈이 마주쳤고 째려보는 줄 오해한 해라가 시비를 걸어 몸싸움으로까지 이어질 뻔했다. 그러자 과 동기들은 오히려 큰소리인 해라를 좋게 볼 리 없었다.

엎친데 덮친 격으로 체육대회가 있은 그날 오후 해라가 화장실로 간 사이 과대표 성규가 방과 후 주점에서 뒤풀이 모임을 전달하는데 뒤늦게 주점에서 해라가 없는 것을 알아차린 성규는 전화를 하려다 해라의 기분과 성희와의 마찰을 고려하여 부르지 않는 것이 좋을 거란 판단으로 연락하지 않았던 일이며 탈의실에서 동생의 낙서가 있는 지수의 체육복과 바뀐 일 등….

모든 왕따의 증거는 스스로 만들어 냈을 뿐 과 동기들이 따돌린
일은 어느 것 하나 없었던 것이다. 자신을 보게 된 후 드러나는 진
실에 해라는 혀를 내둘렀는데, 그것만이 아니었다. 그 종지부를 찍
는 일이 있었다.

어느 아침 학교에 가려고 서랍장에서 양말을 꺼내 드니 그 밑에
가방에서 사라진 인형이 누워있었다. 왕따의 확신을 준 결정적 역
할을 한 가방의 인형. 할머니께서 손때 묻은 인형을 보다 못해 떼어
서 세탁하고 양말과 함께 넣어 두었던 것이란다. 여고 때 임선의 왕
따를 지켜봤던 것에서 생긴 선입관이 한몫을 했던 것이다.

해라의 고백에 헛웃음을 짓는 임선.
"그것을 푸념하려 그날 내게만 술을 엄청 먹였구만 푸후~. 이 응
큼한 뇬! 그런데 완전 필름이 끊긴 것도 아냐. 얼핏 생각나는데 고
등학교 때 얘기를 하는 것인 줄 알고 조언을 해줬던 것 같거든. 크
크크크."
"흐…."

뭔가 머뭇거리던 해라가 조용히 말문을 열었다.
"암튼 그때 이미 왕따를 겪은 네 심정을 진심~ 이해할 수 있었지.

그리고….

아까 네가 별명 물어 볼 때 말할까 했는데. 깜박이란 별명 생각나?"

"아! 당근~."

"그… 그래. 그 별명 내가 붙인 거나 마찬가지야. 알았어?"

"아니."

"네가 자주 눈을 깜박이는 것을 보고 한번 말했을 뿐인데 어느새 애들이 널 그렇게 부르고 있더라. 진작 말했어야 했는데. 힘들었을 널 생각하니 차마 입이 떨어져야 말이지. 미안해. 정말."

"그랬구나! 괜찮아~. 깜박이, 귀엽기도 했어 뭐! 흐흐."

당시 임선이 화낼 만한 상황에서 유독 눈을 깜박이는 것을 발견한 해라는 흘리는 말로 깜박이라 했다. 그것을 들은 반 아이들이 임선의 별명을 깜박이라 붙인 것이었다. 사실 임선의 눈 깜박임은 분노의 표현이 아니라 눈물 없는 울음이었다.

사고 초기에 눈물이 마를 날이 없었던 임선은 우울증과 실어증을 겪으며 눈물을 흘릴 수 없게 된 것이다. 병원에서 물리적 자극에 의한 눈물을 확인한 의사는 눈물샘은 정상이며 감정에 의한 눈물이 없다며 심리적 요인을 지적했다. 즉 자신의 고집으로 부모님을 잃었다는 죄책감 때문에 슬퍼할 자격도 없는 존재라는 인식이 눈물샘을 막은 것이라는 판단이었다.

대신 슬플 때는 눈을 깜박이는 습관이 생겨 버린 것이었다.

해라는 단짝이 된 후 임선의 이모로부터 눈물 없는 울음에 대한 사연을 알고 무척이나 마음 아파했고 자신 때문에 임선이 '깜박이'란 별명을 얻게 되었다는 죄책감을 늘 가지고 있었다.

'괜찮다.'는 말에도 미안해하는 해라에게서 그동안 마음고생이 느껴졌다.

"너에겐 심각했나 보네. 진짜 진작 말하지 쓸데없이 마음 고생하고 그러냐?

글고 이제 그 정도는 이해할 나이도 됐지 뭐~."

그제야 해라의 표정이 펴졌다.

"그럼…. 음. 이제 세희도 이해할 수 있겠네?"

"그…. 그래."

"정말?"

"그렇다니까. 철없던 때였고 이젠 모두 이해할 수 있어."

"사실, 그때… 그… 아냐!"

"뭔데~ 왜 말하려다 말아? 말해봐~."

"아냐. 담에."

해라가 무언가를 말하려다 멈추자 임선은 예상한 듯 내뱉었다.

"너. 그날 세희로부터 날 도와준 것이 비슷한 처지라서가 아니라. 그 별명 붙인 것 때문이라고 말하려 한 거지?"

"어… 아, 아냐! 그만해!"

"그럼 뭐야?~ 수상해~ 흐흐흐."

"담에 말해준다니까."

해라의 고집으로 더 이상 임선은 물을 수 없었다. 깜박이 당시는 깊은 상처였던 별명이었지만 이제 그 정도는 포용력이 생긴 것도 사실이었다. 그런데 세희가 붙여준 별명이라고만 알고 있던 것이 해라였다니 내심 놀랐다. 하지만 뉘우치며 고백하는 해라에게서 진심 미안함과 죄책감이 느껴졌고 그 고통이라면 누구보다 잘 아는 임선은 서운함을 느낄 겨를이 없었다. 그저 해라의 죄책감을 벗게 해주려 아무렇지 않은 듯 웃으며 넘기려 한 것이다.

오랜만의 해맞이 속에 둘의 대화는 그칠 줄 몰랐다.

어느새 새벽의 냉기와 함께 오랜 해라의 짐이 햇볕에 증발되듯 주변은 싱그러운 풀내음으로 가득했다. 해맞이를 마친 두 사람의 발걸음이 가벼웠다. 바위에 흩어진 마른 잎을 밟는 소리가 올 때와 달리 더욱 바스락거린다. 앞장선 해라의 팔을 잡은 임선이 내리막길을 조심스레 내려간다.

큰 키에 긴 생머리의 해라와 짧은 컷트 머리의 임선이 대조를 이룬다.

홀로서기

.

.

.

머칠 후.

미사가 없는 날이라 문이 닫힌 깜깜한 성당 안이 누군가의 낮은 기도 소리로 차있었다. 창문으로 흘러들어온 흐린 빛에 기도하는 여자의 실루엣이 드러나고 이내 기도를 멈춘 여자가 일어서 어둠으로 사라졌다.

뚜벅! 뚜벅! 뚜벅!

불 꺼진 암흑의 실내를 걷는 소리라기엔 신기할 정도로 자연스러운 걸음 소리가 출구를 향하고 있었고 곧 양쪽 성당 문을 밀어 열리자 성당 안으로 여자의 긴 그림자가 들어왔다. 아직 가시지 않은 노을빛이 성당 외벽에도 걸려 있었다.

그녀는 재킷 주머니에서 휴대폰을 꺼내어 만지작거리더니 다시 가방에서 무언가를 꺼내어 펼쳐 드는데 지팡이었다. 지팡이를 더듬으며 성당을 나서는 그녀는 임선이었다. 여고 3학년 동안 집 밖에서 해라 없이는 존재하지 않았던 임선. 한 몸같이 지내던 두 사람이 같은 대학의 서로 다른 학과에 진학하면서 상황이 달라지기 시작했다. 영원히 함께할 것만 같았던 해라였는데.

대학 초에도 등하교만은 함께했는데 점점 그마저 빠지는 날이 잦아지고 예전처럼 이모의 승용차로 귀가하는 날이 많아졌다. 그때 비로소 혼자서는 어디도 갈 수 없는 처지라는 것을 알게 되었고 언제까지 해라와 이모가 함께할 수 없다는 것을 깨달았다.

그러나 누구의 도움 없이 지팡이에 의지해 걷는다는 것은 너무도 막막한 일이었다. 어떻게 지팡이로 수많은 사람과 차량과 장해물을 피해가며 길을 걷고 목적지를 찾아갈 수 있단 말인가. 또한 지팡이를 든 모습을 볼 남들의 시선은 어쩌란 말인가.

강의가 귀에 들어올 리 없었고 종일 고민에 빠진 날도 있었다.
이러지도 저러지도 못하며 하루하루 보내던 어느 날. 문득 깨닫는 생각이 있었다. 어디든 혼자서 가본 적이 없다고 생각했는데, 그것이 아니었다.

오래전 이모가 빨래를 늘지 않는 평일 홀로 옥상을 오른 적이 있었고. 여고 때는 어쩔 수 없는 상황이긴 했어도 혼자서 화장실을 다녀오지 않았던가.

　그때 교실문 앞에서 주변 눈치도 잊고 크게 웃으며 기뻐했던 이유가 짝지 없이도 혼자 갈 수 있겠다라는 희망 때문이었다. 그러한 기억들로 자신감을 되찾은 임선은 대학 2학년이 되면서 홀로서기를 선언하였다.

　해라가 지켜보는 가운데 생전 처음 잡아본 시각장애인용 지팡이는 어색하고 낯설기만 했다. 홀로서기를 하는 동안 해라는 함께 있어 주려 했지만 해라가 없는 날에도 임선은 멈추지 않았다. 한 학기동안 넘어지고 부딪치며 다치기를 수없이 반복해서 얻은 결과는 놀라웠다. 등하교를 혼자서 할 수 있게 된 것은 물론이었고 동네의 구석구석을 손바닥 보듯 하려는 임선의 노력은 집요하게 이어졌는데 더 잘 듣기 위해 귀가 드러나는 짧은 커트 머리를 하고 보다 발의 감각을 느낄 수 있는 실내화 같은 아쿠아슈즈만 신고 다녔다.

　그리고 잃어버린 시각을 대신할 감각들을 깨워야 했고 그래서 오감을 깨우는 데 도움이 된다는 교수의 조언에 기 수련 동아리 활동도 하였다. 새장에 갇혔던 새가 날 듯 온 동네를 휘젓고 다녔고 임선의 세상은 그만큼 더 넓어졌다. 처음엔 무척이나 기뻐했던 이모와 해라가 임선의 끝없는 극성에 다칠까 우려해 자제할 것을 당부하기에 이르렀다. 무엇보다 우선이라는 생각에 공부까지 미루며 한 학기를 오직 홀로서기에 매달린 임선의 열의는 대단했다. 대중교통의 이용은 물론 지팡이만 있으면 산을 제외하곤 가지 못할 곳이 없게 되었는데 그런 성과에는 남다른 임선의 감각도 한몫을 했다.

　임선은 주말이면 이모와 오는 성당을 혼자 다닐 수 있게 된 후로 오늘처럼 가끔 귀갓길에 들리기도 했다. 능숙한 지팡이 사용으로 초저녁 거리를 나서는 임선.

　"띠~ 띠~ 띠~."

　일정의 초 간격으로 휴대폰에서 신호음이 울린다. 작은 도로를 지나고 좁은 골목길을 나오자 쭉 뻗은 대로변에 불을 밝힌 가로등과 이팝나무 가로수가 일렬로 서 임선을 맞이한다.

　"띠~ 톡톡. 톡톡. 톡톡."

　어떤 규칙이 있는 듯 한걸음에 두어 번씩 지팡이를 두드리고 수 미터 간격마다의 이팝나무를 지팡이로 터치하며 걷는 임선의 발걸음. 앞을 보지 못하는 사람의 걸음이라 믿을 수 없을 만큼 자연스럽다.

　"띠~."

　얼마 전 성당 뒷산의 해맞이를 마치고 해라의 팔에 의지해 겨우 산길을 내려오던 임선이 아니었다. 우측으로 바짝 붙어 걷는가 싶더니 이내 자전거가 지나간다. 이미 자전거가 다가오는 것을 알고 비켜 걷는 임선의 청력은 남달라 보였다. 지팡이로 맨 끝의 가로수를 터치함과 동시였다.

　"띠~."

　좀 전보다 걸음이 빨라졌다.

곧 대로변이 끝나고 신호등과 횡단보도가 나타난다. 횡단보도 앞에 다다르자 장애인용 신호벨을 누름과 거의 동시 벨이 울리고 녹색등이 켜졌다. 멈춤 없이 다른 보행자와 함께 횡당보도를 걸어가는 임선.

대로변의 길이는 92미터 180걸음. 통과 시간 3분 2초. 양쪽 18그루의 가로수. 왼쪽 다섯 번째 가로수 앞 바닥공사 중. 신호등은 6시 30분 기준 3분 간격으로 녹색등.

반복학습의 효과로서 임선의 머리에 마치 컴퓨터의 데이터처럼 저장된 자료들에 맞춰 걷고 횡단도보 앞 자동차의 브레이크 제동소리와 사람들의 걸음소리로 재차 판단한다.

임선이 횡단보도를 건너 재래시장을 가로질러 올라가니 완만한 경사의 두 갈래 길이 나타났다. 무심결에 오른쪽으로 갈려다 움찔하고 왼쪽 길로 빠진다. 본래 다니던 오른쪽의 지름길을 두고 왼쪽 교회가 있는 길로 둘러서 가기 시작한 지 일주일째인데 아직 익숙하지 않은 탓이다. 오른쪽 길의 과일 집 앞에 사납게 짓는 개가 있어 피해가야 하기 때문인데….

한 달 전 과일 집 주인이 바뀌면서 가게 앞에는 개가 지키고 있었고 개는 임선이 지나가기만 하면 짖었다. 과일 집 앞으로 지나는 길밖에 몰랐던 때라 할 수 없이 불안에 떨며 과일 집 맞은편 전봇대가 있는 쪽으로 바짝 붙어서 지나가곤 했는데. 목줄이 묶인 개가 짖기는 해도 달려들지는 못했다. 그래도 과일 집이 문 닫는 늦은 시간에 마음 편히 지나가는 것을 선호했던 임선은 개가 없는 시간에 맞춰 방과 후 도서관에서 공부하고 늦게 귀가하는 날이 많았다.

이런 사실을 해라에게는 말할 기회가 없었고 이모에겐 걱정할까 비밀로 했기에 속사정 모르는 이모는 열심히 공부한다며 무척이나 뿌듯해했다. 도서관 휴관으로 귀가 시간이 빨랐던 어느 오후였다.

그날 유독 짖는 개 때문에 긴장한 채 벽으로 바짝 붙어 지나가고 있었다. 전봇대를 지날 때쯤 목줄이 풀린 개가 달려들었고 마침 지나가는 행인이 저지해서 위기를 모면할 수 있었다. 하지만 놀라 넘어지는 바람에 무릎에 약간의 타박상을 입었었는데 이를 알게 된 이모가 몹시 속상했고 급기야 과일 집을 찾아가 항의하다 주인과 다투는 일까지 벌어졌다.

그날 이후 과일 집이 문을 닫았을 늦은 귀가 때를 제외하곤 교회 길로 우회하여 다니고 있었다. 교회를 지나 오르던 임선이 좁은 골목 앞에 섰다. 두 사람이 나란히 걷기도 좁은 폭. 일정한 간격의 수은등. 침식되어 울퉁불퉁 파인 시멘트벽 그리고 낙서들. 모퉁이마다의 가로등, 또 방범 카메라, 색색이 낡은 대문들, 두 갈래 또 세 갈래의 길 구석마다 등고선이 된 오줌 자국. 외지인이라면 열에 아홉은 헤매게 되는 골목. 그래서 동네 사람들은 이 골목을 미로 골목, 즉 미골이라 불렀다.

하지만 임선에겐 이 미골은 가장 편하고 익숙한 곳이다. 대로변보다 자연스러운 걸음으로 단번에 집 대문 앞에 선 임선. 지팡이를 접으려는 순간이었다.

"저기요~."

굵고 짧은 남자의 목소리에서 반가움과 피로감이 느껴졌다.

동작을 멈춘 임선이 소리 나는 쪽으로 돌아선다. 남자의 시선이 임선의 얼굴에서 손에 든 지팡이를 향했다.

"아, 아닙니다. 됐어요!" 남자가 당황한 듯 말하고 되돌아가려는데 그런 상황이 처음은 아닌 듯 임선이 되묻는다.

"출구를 찾는가 봐요?"

조금 당황한 남자가 멈칫하며 엉겁결에 대답했다.

"어. 네. 그런데요."

대답이 끝나기 무섭게 남자를 가로질러 앞선 임선.

지팡이도 접어 가방에 넣는다.

"따라오세요!"

임선이 걸음을 뗀다. 어리둥절한 남자가 멍하니 보고만 있다. 임선에게는 벼르던 일이 찾아왔을 뿐이었다.

사연은 이러했다. 홀로서기의 성공으로 한창 자신감이 넘치던 임선이 어느 날 미골을 지나고 있을 때 뒤에서 누군가 불렀다. 그런데 돌아선 임선의 지팡이를 발견하곤 그냥 가버리는 것이었다.

몹시 속상해 하던 임선에게 어느 날 또다시 누군가 미골에서 길을 물어 오자 놓칠세라 따라오라며 앞장선 임선은 나름 지팡이를 능숙하게 놀려 골목을 빠져나가고 있었다. 그런데 뒤가 허전해서 보니 따라오던 사람은 없었다. 믿음이 안 갔는지 걸음이 느려서인지 내빼버린 것이다. 자존심은 말할 것도 없고 민망하기까지 한 상황에 한동안 충격을 받았던 임선. 동네를 능숙하게 걸어다니는 임선의 모습을 보며 해라와 이모는 물론 이웃 사람들도 대단하다며 칭찬을 아끼지 않았다. 그러다 보니 능숙한 걸음이 특별한 능력처럼 느껴질 때도 있었다.

지팡이가 아니었어도 그냥 가버렸을까란 생각에 한 몸처럼 되버린 지팡이가 순간 짐처럼 느껴졌다. 그래도 쉽게 좌절할 임선이 아니었다. 자존심이나 오기가 아니라 긴 시간 받기만 한 임선이 누군가에게 작은 도움이라도 될 수 있다는 것은 그 이상의 의미 있는 일이었다. 그렇다면 완벽한 미골의 안내를 위해서 맨손으로 능숙히 갈 수 있어야 했고 길잡이 같은 벽이 있어 가능할 것 같았다. 또다시 여고 때 맨손으로 화장실을 홀로 갔다 온 것이 희망이 되어 주었다.

내년이면 3학년이라 오래 끌 일이 아니었다. 이미 홀로서기를 통해 지팡이로 산을 제외하면 못 갈 곳이 없는 데다 웬만한 난관은 거쳐 왔기에 자신이 있었다.

등하굣길은 물론 주말이면 미골에서 반나절을 오가기도 했고 지팡이 대신 손으로 벽은 더듬고 발로 바닥을 훑으며 다니는 바람에 신발은 한 달도 안 가 헤져 이모의 잔소리를 들어야 했다.

손의 이곳저곳은 긁혀 피가 나고 손바닥은 굳은살로 거칠어졌다.

어느 날은 마주 오는 사람과 부딪쳐 사과하는 일이 있었고 남의 집에 잘못 들어가 출구를 못 찾아 당혹스러웠던 일도 있었다.

입구에서 출구로. 집에서 출구로. 그렇게 수개월을 반복해서 오가다 보니 움푹 들어간 수많은 벽의 홈들, 십수 개의 크고 작은 구멍들. 바닥의 작은 돌부리 모양과 위치까지 손발에 들어왔다.

그야말로 미골을 온몸으로 익혀 버린 것만 같았다. 그러나 막상 능력을 갖추고 나니 길을 묻는 사람이 없었다. 괜히 골목을 어슬렁거려도 보고 쓸데없이 한 번 더 지나가 보기도 하지만 사람들은 스쳐 지나갈 뿐이었다.

누군가 길을 물어올 그날을 기다리며 조금 불편해도 미로 골목에서는 맨손으로 다녔다. 매번 오갈 때마다 단축되는 시간에 임선은 중독 같은 흥미를 느꼈고 조금의 불편도 사라져갔다.

20분, 15분, 14분, 13분.

매일 오갈수록 속도뿐 아니라 먼 인기척까지 감지할 수 있게 돼 상대를 먼저 피해다녔다. 어느 때부터인가 미골에서는 오히려 맨손이 편해져 있었고 누가 봐도 비장애인처럼 다니고 있었다. 그러나 정작 길을 묻는 사람은 없고 바닥을 감지하기 위한 특이한 걸음으로 신발만 빨리 해지는 바람에 이모의 잔소리만 늘었다. 결국 맨손의 재능은 혼자만의 것으로 묻혀가고 있었고 예전처럼 지팡이로 다니고 있었다.

그런데 얼마만이던가! 그토록 기다리던 상황이 생각지도 못한 지금 찾아온 것이었다. 다시는 지팡이 때문에 전과 같은 일을 겪지는 말아야 했기에 재빨리 지팡이를 접어 넣고 남자를 앞장선 것이었다. 남자는 자신도 헤매던 길을 시각장애인이 그것도 지팡이를 접고 맨손으로 안내하겠다고 나서니 기대보다 호기심 어린 눈으로 지켜보고 있었다.

손으로 벽을 더듬고 바닥을 쓸듯 발을 저으며 앞으로 나가는 임선. 그리고 오랜만에 떠올려보는 미로 골목의 지도. 내심 잊어버렸을지 걱정도 되었다. 바닥을 스치던 발이 돌부리에 닿았다. 잃어버렸던 물건을 찾은 듯 임선의 표정에 화기가 돌고 출발점인 돌부리에서 잠자던 촉들이 깨어났다.

"날 따라오세요!"

"아… 네."

닿는 듯 마는 듯 땅바닥을 스치는 발끝에 먼지가 일었다.

혼잣말하듯 걸음을 세는 입술은 쉴 새 없이 움직였고, 손바닥으로 일정의 간격마다 벽을 쳤다. 손은 벽에 난 홈과 구멍마다. 정확히 짚으며 거침없이 모퉁이를 꺾고 나아갔다. 기억을 더듬던 것에서 나아가 몸의 본능적인 반응으로 걷고 있었다.

임선의 특이한 행동은 일사불란했고 걸음은 점점 빨라졌다. 뒤따르던 남자는 믿을 수 없다는 표정으로 처진 걸음을 바삐 움직였고 모퉁이를 돌 때면 놓칠세라 뛰기까지 한다. 바닥을 훑듯 옅은 먼지 일으키는 민첩한 임선의 걸음과 허겁지겁 뒤따르는 남자의 걸음.

세 갈래 길이 나타났다. 망설임 없이 가운데 길로 전진하는 임선을 향해 남자의 다급한 외마디.

"거기 막혔는데요."

남자의 말처럼 녹색 대문에 막혀있지만 못 들은 건지 아랑곳하지 않고 대문으로 걸어가는 임선. 열리지도 않은 대문 앞에서 사라진다. 놀란 남자가 대문으로 다가가서 대문의 옆으로 뚫린 길을 보고서야 수은등 조명 아래 대문과 왼쪽 벽면의 절묘한 조화로 착시를 일으켰다는 것을 깨닫고 혼잣말을 했다.

"아 씨! 이거였어!"

앞서 걷던 임선이 갑자기 벽 쪽으로 피해 걷자 갑자기 나타난 건장한 아줌마와 남자가 부딪친다.

"어이쿠! 죄송합니다."

남자는 급하게 사과말을 건네고 허둥지둥 뒤따랐다. 의도였는지 임선이 피식 웃으며 간다. 드디어 골목 출구에 도착해 멈춘 임선.

"살펴가세요!"

도도한 한마디 던지고 다시 골목 안으로 사라지는데. 남자는 어이없는 표정으로 임선이 사라진 쪽을 보며 중얼거린다.

"난, 또 시각장애인인 줄 알았지. 근데 지팡이는 왜 들고 다녀…"

집에 온 임선. 저녁 식사를 마치고 설거지를 하고 있는 이모와 대화 중이었다.

"그 한의원에서는 죽은 세포도 살린단다! 너무 유명해서 외국 사람도 온대."

"이모! 이제 제발 그만하자. 수술로도 안 되는데 뭔 침으로 눈을 뜨게 한단 말야. 난 이대로도 좋아! 그리고 이제 돈도 없으면서 이러다. 우리 길바닥에 나앉겠어."

"돈 걱정일랑 마라. 네 눈 고쳐줄 돈은 있으니 아무 말 말고 넌 치료만 받아."

"아무리 그래도 난 안 가!"

짜증 섞이고 단호한 임선의 대답에 할 말을 잃은 이모가 조용해졌다. 이모의 기대가 희망 고문이 된 지 오래였다. 그럴 만도 한 것이 여고 때부터 유명한 병원과 한의원이라면 모르는 곳이 없을 정도로 찾아다니며 치료를 받았지만 언제나 비싼 치료비 부담만 있었을 뿐 아무런 성과도 없었다. 그럼에도 이모의 치료권유는 계속되었고 그때마다. 거부하는 임선과 냉랭한 분위기가 연출되었다.

그러다 재작년에 시신경을 줄기세포로 재생할 수 있는 의료기술의 성과 소식을 접한 이모가 또 임선을 설득하고 나섰는데. 셀 수없이 많은 치료를 받고 아무런 효과를 보지 못한 임선을 설득하기란 쉽지 않았다. 임선은 끝내 마지막이라는 약속을 받아내고서야 줄기세포 치료를 승낙했다.

부작용의 우려가 있지만, 성공률이 높은 배아줄기세포와 부작용의 염려는 적지만 생착률이 낮은 성체줄기세포. 환자는 둘 중 하나를 선택해야 했고 임선과 이모는 보다 안전한 성체줄기세포를 선택

한다.

성체줄기세포를 이식해 치료에 들어가지만, 염려대로 줄기세포는 시신경에 생착되지 않았다. 거액의 치료비만 날린 셈이었다. 그런데 배아줄기세포에 미련이 많았던 이모는 다시 치료를 당부한다.

이모는 매일 같은 끈질긴 설득에 더 이상 치료를 권하지 않겠다는 다짐에 또 다짐을 했고 정말 마지막이라는 심정으로 다시 임선은 수술대에 올랐다. 염려했던 부작용은 없었고 줄기세포도 시신경에 생착되었다. 성공이라 날뛰며 기뻐했지만 거기까지였다. 무엇이 문제인지 더 이상 세포분열이 되지 않았던 것이다.

의사들도 원인을 알 수 없는 예상치 못한 상황이 발생한 것이었다.

부작용이 없으니 약물만 복용하며 2개월만 지켜보자던 것이 3개월이 넘었고 생착된 세포마저 괴사하여 가는 상황이었다. 뒤늦게 이모가 옷가게를 해서 모은 대부분의 재산을 줄기세포 치료에 모두 썼다는 것을 알고 임선은 한동안 말도 하지 않았다. 거액의 치료비를 알면 치료에 응하지 않을 것이 뻔했던 임선에게 임상치료라 대부분의 치료비가 무료지원된다고 속였던 이모였다.

이제 겨우 풀어지려는 임선에게 또 다른 유명 한의원을 권하는 이모. 자신의 눈을 뜨는 것에 너무 집착하는 이모가 때론 이해가 되지 않을 때도 있다. 또 집안 곳곳의 한약 봉지와 각종 비싼 건강식품들이 그런 이모의 극성을 말해주고 있었다. 임선의 거부반응에 시큰둥한 이모.

"알았으니 약이나 챙겨 먹어라"

"알았어!"

이모의 다그침에 마지못해 약 하나 챙겨 자신의 방으로 들어가는 임선. 근심 가득한 얼굴로 임선을 바라보는 이모. 오랜 시간이 지나 두 사람은 어느 모녀 사이가 되어있었다.

다음날 오후 캠퍼스의 체육관. 학생들에 섞여 임선과 해라가 마치 태극권을 하듯 허공에 손을 뻗고 있었다. 주변의 권유로 홀로서기에 도움이 된다 해서 임선은 해라와 2학년 초부터 명상동아리에서 기 수련을 하고 있었다. 임선은 실제로 수련을 통해 눈을 제외한 다른 감각기관이 더욱 깨어난 것 같았고 많은 도움이 되고 있다라 믿는다. 이를 지켜본 해라 역시 기 수련의 예찬자가 되어있었다.

기 수련을 마치고 체육관을 나가고 있는 임선과 해라.

"난 아직도 5급을 못 면하는데 넌 벌써 3급이라니. 대단해. 아무튼 넌 타고났어."

"보이지 않으니 일상이 수련이라 좀 빠르다. 흐흐"

"그렇게 되나. 하하하. 그건 그렇고. 왜 하필 오늘 청강이냐? 공연장에 같이 가자."

"됐다니까 얼마나 기다리던 수업인데 그만 졸라라~. 어서 공연에나 가봐."

"아니 대부분 야간수업은 내일로 미뤄졌다는데 그 교수님은 왜 그러냐~."

"낸들 아냐? 이유가 있겠지."

"알았으니 강의실까지만 데려다 주고 갈게"

"나는 괜찮으니 늦기 전에 공연장에나 가봐."

"내가 됐거든~."

오늘은 해라가 음악밴드를 하는 과동기로부터 공연초대를 받은 날인데 임선을 공연에 데려가려 하지만 청강을 해야 한다며 거부하는 것이었다.

오후 본관 건물의 전기공사로 대부분 야간수업이 휴강이었지만 몇몇 수업이 구 별관에서 진행하기로 되어 있었고 그중 임선이 청강하려는 수업이 있었다. 구 별관은 학교의 외곽에 있는 오랜 건물로 임선이 거의 가 볼 일이 없었던 낯선 곳이었다. 때문에 해라는 혼자 가겠다는 임선을 강의실까지 데려다 주겠다며 기어코 엘리베이터에 올랐다.

"안 늦냐?"

"공연 시간까지 아직 여유 있으니 걱정 마!"

"알았는데 난 네가 걱정이야~ 민규 씨가 군에 가면 너까지 군에 간다고 할까 봐 정말 걱정된다!"

"아~. 진짜 그만해! 난 괜찮거든~. 두고 봐라~."

"차라리 지금이라도 민규 씨에게 고백하지."

"못 들은 거로 할게!"

해라 본인보다 오히려 지켜보는 임선이 걱정이었다.

고백만은 절대 할 수 없다는 해라의 심정도 이해가 될 듯했다.

해라는 체육학과 동기이며 큰 키에 잘생긴 외모로 여학생들의 인기를 독차지하는 이민규를 1년째 몰래 짝사랑하고 있다. 어느 강의 시간. 교수가 이성 간의 친구가 가능한 것인지 찬반을 학생들에게 물었다. 그때 찬성에 손을 든 유일한 두 사람이 해라와 민규였다.

이후 장난기가 발동한 과 동기들은 이성 간의 친구가 가능한 것을 증명해보이라며 농활이든 회식이든 기회만 있으면 두 사람을 엮으려 했다. 오히려 보란 듯 거리낌 없이 동성 친구처럼 편하게 지내는 해라와 민규. 그 전엔 서로에게 존재감조차 없던 두 사람은 덕분에 이성 절친이 되었다. 둘 사이를 의심하는 눈초리가 있을라치면 서로 증명이라도 하듯 번갈아가며 서로의 소개팅을 주선하기도 했다.

둘이 워낙 대놓고 동성 대하듯 하니 동기들도 해라와 민규에게서 흥미를 잃었고 관심에서 멀어졌다.

그런데. 작년 초. 동아리 음악밴드의 보컬로 활동하고 있는 민규의 공연을 처음 본 해라의 감정에 이상이 생겼다. 민규의 노래 부르는 모습에서 묘한 매력을 느낀 것이다. 떨어져 있는 시간에도 민규의 생각이 떠나질 않는 것은 분명 전에 없던 이성의 감정이었다.

어떻게 이루어진 우정인데. 해라는 부정하고 또 부정하려 해도 솟아나는 감정을 어쩌지 못했다. 둘의 우정은 두 사람의 변치 않을 약속이었고 과에서는 동성 친구의 표본으로 통했다. 그렇게 혼자만의 사랑이 싹트기 시작한 것이다. 사라지겠지, 잠깐일 거야라며 스스로를 위로하고 대수롭지 않게 감정을 무시했던 시간들. 가랑비에 젖는 옷처럼 해라의 마음도 민규에 젖어갔다.

그러한 감정을 철저히 숨겨오는 동안 가슴앓이만 더욱 깊어질 뿐이었다. 그럼에도 처음부터 해라가 유일하게 털어놓고 위안을 얻을 수 있었던 사람은 임선이었다. 임선은 민규를 만난 적이 없었지만 해라로부터 전해들은 민규는 노래 잘하고, 매너 있고 착하며 속이 깊은 남자라는 것이었다. 민규와 다른 과 여학생과의 스캔들이 터진 어느 날, 해라는 임선에게 와 펑펑 울었다. 나중에 밝혀졌지만 스캔들은 근거 없는 소문이었다. 그때 더없이 소중한 친구인 해라가 아파하는 것을 곁에서 지켜본 임선. 아무런 도움도 되지 못하는 자신을 자책해야만 했다.

해라의 푸념을 듣다 한 번씩 불쑥 튀어나오는 말이 고백이었고 해라 역시 고백을 생각 안 한 것도 아니다. 이성 친구에 대한 신념은 사라진 지 오래고 주변 시선을 감당할 용기도 있었다. 문제는 생각조차 하기 싫은 당사자인 민규의 거절이었다. 더구나 해라를 대하는 민규의 행동에서 이성의 감정이란 도무지 찾을 수 없었다.

때문에 고백을 해봐야 거절할 것이 뻔하고 그 결과로 친구의 관계마저 위태롭게 될 수도 있는 것이었다. 그러던 중 두 달 전 민규로부터 군입대 소식을 전해 들은 해라. 흔들리는 마음을 다잡을 수 있어 오히려 잘된 일이라며 환영했다.

눈에서 멀어져야 마음도 멀어진다고 하지 않던가. 민규의 입대를 통해 자연스러운 이별을 택하기로 한 것이다. 민규가 제대를 해서 복학할 시점이면 해라는 졸업을 했을 것이고 사회로 나간 해라가 복학생인 민규를 만날 일이 특별한 경우를 제외하면 얼마나 될까. 더욱이 해라는 민규의 군 입대를 계기로 마음을 정리하기로 하였으니 이제 군 입대는 선택의 여지가 없는 이별을 의미하였다.

정말 마음을 정리한 것 같았던 해라가 입대 날이 다가올수록 부쩍 민규에 대한 말이 많아진 데다 입대 전 마지막 공연 초대를 받고 더욱 집착하는 모습을 보이니 임선은 우려스러운 것이다.

8층의 엘리베이터 문이 열리고 두 사람이 내렸다.
"왼쪽은 본관은 방향이고 오른쪽은 뒷산 방향 복도 끝에서 두 번째 강의실이야.
근데 썰렁하다~. 8층엔 사용하는 곳이 너희 강의실만 있는 거 같아. 갈 때 무섭겠는데~."
"아무리 그래 봤자 소용없어 빨리 공연장에나 가라~. 글고 넌 아직 홀로서기 전으로 나를 취급하는 경향이 있어!"
"아니지 니가 처음 오는 곳이니 그렇지. 좋아! 그럼 방금 엘리베이터 중량이 얼만지 맞춰 봐 그럼 인정할게~."
"그런 너는 아냐!"
"당근~ 오랜만에 물어보려고 확인했지 ㅎㅎ"
"그쯤이야~ 1,600kg이지? 됐냐!"
"아직 녹슬지 않았네. 그래, 마음 놓인다~. 넌 역시 대단한 능력자야!"

　해라는 임선에게 거리의 지형지물을 알려주며 홀로서기를 도와 줄 때 건물의 엘리베이터 총 중량 맞추기는 흥밋거리가 되기도 했다.

　그때마다 정확히 맞췄던 임선이라 그리 놀랄 일이 아니었다.

　혼자 다닐 수 있게 된 이후로도 초행길이라면 익숙해질 때까지 동행해주던 해라는 쉽게 발걸음을 돌리지 못하고 강의실까지 들어와 맨 앞자리에 앉혔다.

　"야, 청강하는데 맨 앞자리에 앉히면 어떻게!"

　"다들 뒤에 다 앉아서 앞이 텅 비어 이리 앉혔다. 그냥 있어!"

　"…"

　"역시나 내가 아는 애들은 말할 것도 없고 너희 과 애들도 없는 것 같애. 근데 최숙희 교수님은 좀 아는데 마치고 갈 때 건물 밖까지만 데려다 달라고 부탁할까?"

　"됐어! 교수님은 내가 알아도 너보다 너 잘 알아~. 아까 말한 대로 청강만 신고해주고 가!"

　"어휴~. 그럼 나중에 연락해~."

　"알았어. 잘 가~."

　해라가 무거운 걸음으로 강의실을 나갔다.

구 별관의 화재

.

.

.

학생들이 거의 빠져나간 텅 빈 교정에 어둠이 깔리고 가로수 등에 하나둘 불이 들어왔다. 그리고 건물마다 한두 곳씩 불 켜진 강의실. 임선이 있는 구 별관의 8층 강의실에도 전등이 켜졌다.

긴 수업에 지쳐 피로한 기색이 역력한 학생들의 눈빛. 곳곳의 빈자리. 고개 숙여 조는 학생. 그리고 맨 앞자리에 앉아 녹음기를 손에 들고 열심히 듣고 있는 임선. 설명하던 교수가 분위기가 거슬리는지 강의를 멈추고 주변을 살피다. 맨 앞자리의 임선을 발견하고는 흐뭇한 표정으로 임선에게 다가가서 바닥에 떨어진 필통을 주워준다.

"너, 이 건물은 처음이지?"

"아. 네."

"마치고 기다려 나랑 같이 나가자."

"아. 네. 감사합니다."

"그리고 궁금한 거 있으면 언제든 물어보고."

"네."

몇 번의 청강으로 알게 된 최 교수는 항상 친절하고 따뜻한 느낌이었다.

다시 강의대에 선 최 교수.

"자 여러분~. 모두 허리 펴고 기지개 켜세요! 얼마 안 남았으니 조금만 힘냅시다."

교수는 학생들의 집중을 이끌어내기 위해 질문을 던졌다.

"모레 무슨 날인지 아는 사람?"

여러 학생이 동시에 "개교기념일."이라고 외치자 코웃음을 치는 최 교수.

"헐~ 역시나 노는 날이라 모두 기억하고 있구만!"

여기저기 학생들의 웃음소리가 새어나오고 엎드렸던 학생이 바로 앉고 학생들의 눈빛이 달라졌다. 이때다 싶은 최 교수.

"자. 그럼 난이도를 높여볼까. 교내 입구에서 본관까지 있는 전나무가 모두 몇 그루인지 아는 사람! 이 문제에 영화 티켓 2장을 걸지."

학생들은 서로의 눈치만 볼 뿐 전혀 감을 잡지 못하고 잠시 침묵이 흐른다. 그때였다.

"27그루입니다!"

올해 초 홀로서기로 교내 지형을 익힐 때 가로수와 가로등을 모두 파악하고 있다고 자신한 임선의 확신에 찬 대답이었다. 하지만 아깝다는 듯 찡그린 표정의 최 교수.

"땡~ 아깝게 틀렸어!"

교수의 말이 끝나기 무섭게 또 한 학생이 외쳤다.

"28그루요!"

"정답! 그럼 왜 28그루인지 아는 사람?"

"날짜를 기념해서 아닐까요."

"그래, 눈치라도 맞춰서 다행이다. 10월 28일. 개교의 날짜를 기념하는 의미로 교문에서 본관까지 10그루의 계수나무와 운동장 주변 둘레에 전나무 10그루를 심었지."

머쓱한 표정인 임선. 그때 뒤에서 비웃음 소리가 들렸다.

"야. 쟤는 뭐냐. 보지도 못하면서 막 던지고 보네. 그러게. 같이 갈 남친도 없을 텐데 티켓을 어디 화장실에서 쓰려나? 크크."

이제 면역이 되었으련만 들을 때마다 분노가 이는 것은 어쩔 수 없다. 그나마 명상을 통해 감정조절을 할 수 있게 된 것이 큰 도움이 된다.

"퀴즈를 맞춘 사람은 강의 끝나고 공연티켓 받아가고, 그럼."

"교수님!"

한 학생이 수업을 하려는 교수를 불렀다.

"작년 태풍 때 농구대 뒤 소나무 한 그루가 쓰러져 없는 걸로 아는데요.?

"아! 그렇지! 그럼 27그루가 정확한 답이네. 그래도 개교기념일을 새기는 의미로 내가 의도한 답은 28그루니까. 둘 다 정답으로 간주

할 테니 두 사람 다. 티켓 받아가도록!"

설마 정답을 알고 맞춘 건 아니겠지. 그럼 우연이겠지. 다시 수군대는 학생들을 조용히 시키며 최 교수는 퀴즈로 찾은 분위기를 살려 재빨리 강의를 시작했다.

한참 강의를 듣던 임선의 코끝에 뭔가 타는 듯한 냄새가 감지되었다.

강의에 집중할 수가 없던 임선.

"교수님! 어디서 타는 냄새가 나는 것 같아요."

순간 강의를 멈춘 교수. 냄새를 맡으러 애써보더니 말한다.

"아무 냄새도 안 나는데. 혹시 임선 말고 타는 냄새가 느껴지는 사람 있어?"

모두 킁킁대더니 전혀 냄새가 나지 않는다는 표정으로 서로 눈치만 보는 학생들. 그때 후문의 맨 뒷좌석 남학생이 한마디 거든다.

"자수합니다~. 제가 좀 전에 화장실에서 담배 피우고 왔거든요!"

순식간 강의실은 웃음바다가 되었고 비꼬는 말들도 들렸다.

"야~ 쟤. 오늘 필받았는가 봐~ 관종인가 봐. 흐흐."

"헐~ 방귀 뀌려다 참았는데 꼈으면 쟤가 119 신고했겠네.
푸후후~."

아. 담배 냄새라니. 쥐구멍에라도 숨고 싶은 심정이다. 오늘 왜 연이어 불쾌한 일이 생기는지. 해라와 같이 공연에나 갈 걸 그랬나.

후회까지 몰려온다. 임선으로 시작된 큰 웃음에 더욱 활기를 찾은 강의실 분위기에 최 교수는 내심 임선에 고마워하는 눈치다. 최 교수는 다시 분위기가 가라앉을까 얼른 강의를 이어나간다. 십 수분이 지났을까.

따르르르르르르르~. 따르르르르르르르~.

별관의 정적을 깨는 비상벨 소리가 복도로부터 요란하게 울린다.

비상벨은 강의실까지 울려 퍼졌다. 학생들은 순간 어찌할 바를 몰라 멍하니 서로를 보고 있다. 강의를 멈춘 최 교수. 상황을 파악하려 출입문으로 걸어가며 말했다.

"여러분. 침착하시고. 모두 자리를 지키세요. 함께 행동해야 해요!"

그때 창문 옆 반 남학생이 바깥 상황을 확인하려 창문을 열자 매캐한 냄새가 강의실에 퍼진다. 당황한 학생들 웅성거리고. 맨 뒷좌석의 한 학생이 뒷문을 열고 나가고 또 다른 학생이 나간다.

삽시간에 먼저 나가려는 학생들로 강의실은 아수라장이 되었다.

"모두~ 비상계단으로 가야 해~ 당황하지 말고 침착해~."

이미 늦은 최 교수의 외침이었다. 학생들의 고함. 비명에 아비규환이 따로 없었다. 복도는 연기가 안개처럼 번져있고 뛰쳐나온 학생들은 아래층 계단과 비상계단으로 뿔뿔이 흩어졌다.

그렇게 모두 빠져나간 강의실은 엎어지고 뒤엉킨 책상과 의자들로 아수라장이 되었고 임선은 홀로 남겨졌다. 학생들에 휩쓸려 넘어진 채 어찔할 바를 몰라 책걸상을 더듬고 있는 임선.

도저히 찾을 수 없는 지팡이를 뒤로하고 맨몸으로 출구를 찾아 발걸음을 옮기는데 급한 마음과 달리 책상과 의자에 걸려 넘어지기를 여러 번.

임선에게 무너진 길은 한 치 앞도 알 수 없는 그야말로 암흑이었다.

침착해야 한다. 침착해야 한다. 누군가 말해주는 것만 같다. 오감을 일깨우려 기 수련을 하지 않았던가. 스스로를 겨우 진정시킨 임선은 제자리에 멈춰 명상하는 듯 두 손을 가슴 높이로 들어 올렸다. 그리고 일단 출구를 찾아야 하기에 모든 감각을 동원하는데 코끝으로 전보다 더한 탄내가 느껴진다.

창문이 열려 있는지. 얼굴과 손가락 사이로 빨라진 기류가 느껴지고 비상 벨 소리가 가장 크게 들리는 왼쪽 45도 방향과 기류의 흐름이 일치한다. 쓰러진 책걸상을 넘어 직진하는 수밖에 없을 것이다. 먼저 45도 방향으로 팔을 쭉 뻗어 보는데 문틀 같은 것이 손에 잡힌다. 더듬어보니 분명 출입문의 문틀이다. 한시가 급한데 여태 출입문 바로 앞에서 어이없게 혼자 진지했던 것이다.

"헐~."

어쨌든 복도로 나오니 요란한 비상벨 소리뿐이다. 강의실과 다를 바 없는 정도의 탄 냄새가 난다.

"교수님~ 교수님~."

"…."

목청껏 외쳐보지만, 비상 벨 소리뿐 아무런 대답이 없다.

할 수 있는 일이라곤 누구든 찾아서 도움을 받는 것이기에 복도의 벽을 더듬으며 발걸음을 옮기는 임선.

한편. 학생들을 뒤따라 비상구를 통해 아래층으로 내려갔던 교수가 몇몇 학생들과 8층으로 도로 올라왔다. 연기를 마신 탓에 복도에 엎드려 숨이 넘어갈 듯 기침을 해대는 최 교수와 학생들.

옥상으로 올라갔던 몇몇 학생들이 내려와 최 교수 일행에 옥상문과 9, 10층 비상문이 잠겼다고 알려주자 그제야 정신이 든 최 교수가 학생들을 진정시키려 한다.

"얘들아! 화재신고 했으니 곧 구조대가 올 거야. 이 건물은 중간 계단이 없는 곳이라 비상계단 문만 닫고 강의실에 들어가 있으면 충분히 구조 때까지 버틸 수 있을 거야. 일단 강의실로 들어가자."

그때였다. 복도의 중앙에서 한 학생이 빨리 오라고 부르며 손짓하자 옥상에서 내려왔던 학생들이 거기로 곧장 뛰어가고 나머지 학생들도 덩달아 가버린다. 홀로 남은 최 교수도 어쩔 수 없이 학생들이 사라진 곳으로 갔는데 학생들이 모인 곳은 다름 아닌 물리강의실 옆 엘리베이터 앞이었다.

엘리베이터를 기다리는 학생들에게 최 교수가 흥분하며 만류한다.

"얘들아! 엘리베이터는 안 돼. 위험해~!

119에 신고했으니 10층에서 기다려 보자. 어서!"

이미 버튼에는 불이 켜져 있고 엘리베이터는 올라오는 중이었다.

3, 4, 5.

들은 척도 하지 않는 학생들은 모두 층 표시등을 주시하고 있었다.

맨 처음 와있던 학생이 상기된 목소리로 말했다.

"엘리베이터가 1층에 내려갔다가 올라오는 건데 방금 사람들이 엘리베이터로 탈출했어요. 봐요. 우리밖에 없어요!"

학생의 말대로 출석부를 불렀을 때 23명이었던 학생들 중 엘리베이터 앞에 모인 사람들은 10여 명 정도였다. 비상벨 소리가 요란한 가운데 7층을 지난 엘리베이터가 8층으로 올라오고 있었고 최 교수의 만류는 계속되었다.

"연기가 차단된 강의실이 안전해! 구조대가 곧 올 테니 조금만 기다리면 된다고! 엘리베이터는 너무 위험해!"

"강의실로 가고 싶은 사람만 가면 되겠네!"

한 학생의 대꾸에 10명의 학생들은 한마음이라는 듯 층표시 등을 주시했다. 학생들의 의지를 되돌리기에 늦었다는 것을 알게 된 최 교수도 맥이 빠진 채 그들처럼 층표시 등을 바라봤다.

마침내 8층에 이른 엘리베이터. 하지만 문은 열리지 않았고 그대로 지나쳐 9층으로 향하자 한 학생이 말했다.

"헐~ 위층에 수업이 없는 줄 아는데…"

모두 놀란 표정으로 하나같이 표시등만 보고 있었다.

"띠링~."

언뜻 시끄러운 비상벨 소리에도 꼭대기 층인 10층에서 문이 열리는 소리가 들린다.

그 순간 모두 아무 말도 못 하고 얼어붙은 듯 서로를 보며 공포감에 휩싸였다. 넋이 나간 듯 층표시 등을 보고 있는 최 교수. 생각지 못한 일이다. 잠겼다던 비상문. 학생들이 올라가 잠갔을까. 왜?

공포감과 긴장감은 극에 달해 파랗게 질려 서 있는 교수와 학생들. 그 사이 다시 엘리베이터는 내려오고 있었다.

9층… 8층… 띠링~.

그대로 얼어버린 그들의 앞에 드디어 엘리베이터의 문이 열렸다.

띠링~.

엘리베이터 안을 보는데 10층에서 타고 내려온 학생들과 서로 눈이 맞주치자 모두 땅이 꺼질 듯 한숨을 내쉰다.

"휴… 휴… 뭐야~. 귀신인 줄 알았잖아."

"누가 할 말을!"

엘리베이터는 10층에서 탄 학생들로 이미 절반은 채우고 있었고 최 교수는 대부분 자신의 강의를 듣던 학생들이 아니라는 것을 알 수 있었다. 서로를 보며 안도하던 학생들.

"다 탈 수 있으려나 모르겠네. 빨리 타세요!"

엘리베이터 안의 학생의 말에 상황파악이 된 건지 정원초과로 못 탈까 무섭게 먼저 타려고 엘리베이터 안으로 달려드는 학생들. 서로 밀치고 부딪치며 엘리베이터 앞은 난장판이 되었다. 순식간에 출근 시간 만원 버스처럼 꽉 찬 엘리베이터.

최 교수가 갈피를 잡지 못하고 멍하니 서 있자 맨 앞의 학생이 뒤로 밀치며 탈 공간을 마련해주어 한 사람의 공간이 생겼다.

"교수님 몇 초면 돼요! 빨리 타세요. 어서!"

선택의 여지가 없었던 최 교수는 잠깐의 망설임 끝에 엘리베이터에 올랐다.

그리고 학생이 열림 버튼에서 손을 떼는데.

"삐~ 삐~ 삐~."

정원초과 경고음에 닫히지 않는 문.

"아~ 아악~ 그만 타~. 제발."

여기저기 학생들의 비명과 밀어내리려는 안쪽의 학생들. 맨 앞의 최 교수는 엘리베이터의 문턱을 꽉 붙들고 밀려나지 않으려 안간힘을 썼다.

"진정들 해! 움직이니까 경고음이 울리는 거야. 움직이지 마!"

최 교수의 고성에 학생들이 비명과 동작을 멈췄다. 그리고 우연인지 경고음도 멈췄다. 엘리베이터 안은 조용해졌고 복도의 벨 소리만 여전했다.

"진정해~ 이제 괜찮아~. 잠깐이면 돼."

좀 전엔 엘리베이터에 타는 것을 만류하던 최 교수는 학생들과 한 배를 탄 선장이 되어 있었다. 마치 키를 잡듯 열림 버튼을 누르고 있는 최 교수. 집게손가락을 버튼으로부터 떼려고 하는 최 교수의 손은 떨리고 있었다.

그때였다.

"교수님~!"

"어, 그… 그래."

자신의 부름에 본능적으로 대답하며 고개를 든 최 교수는 눈이 휘둥그레져 놀랐다. 바로 앞에 마주 선 것은 임선이었다.

차마 열림 버튼에서 손을 떼지 못하고 학생들은 숨죽이고 있었다.

"어. 그래. 임선아… 여긴 위험해. 다… 다들 강의실로 갔으니 너도 거기서 기다려라. 구조대가 곧 올 거야. 어서!"

"아. 네."

교수님을 말을 듣고 돌아서려는 순간.

"쿡. 쿡…"

"콜록콜록."

기침이, 교수님 한 사람의 소리가 아닌 것 같다. 순식간에 자고 있던 임선의 감각들이 깨어나 상황을 읽기 시작했다. 기침 소리의 울림으로 보아 엘리베이터의 문은 열려 있고 엘리베이터에서 뿜어져 나오는 열기는 한 사람의 것이 아니었다. 또 연기에 섞인 다양한 향수, 스킨 냄새. 돌아서다 멈춘 임선을 최 교수가 다그쳤다.

"뭐 해? 빨리 가 있어!"

"아, 네."

최 교수의 목소리는 떨리고 있었고 오랜만에 듣는 거짓말을 하는 사람에게서 나타나는 긴장된 목소리였다. 결론은 엘리베이터에 교수님과 학생들이 타고 있다는 것이다. 들키지 않으려 학생들은 숨죽이고 교수님은 거짓말을 하며 강의실로 가란다. 모두 타고 있는 것이다.

엘리베이터는 총 중량 1,600kg이면 정원 24명.

오늘 출석체크에서 나를 포함해 24명이었고 교수까지 모두 25명.

내가 빠졌으니 정확히 정원이 다 찬 것이다. 그래도 나 하나쯤은 타도 되지 않을까 싶은데 어쨌든 저들을 위해 빨리 피해주는 것이 돕는 것이리라.

그렇게 해줘야겠다는 생각에 다시 돌아서 한 발짝 떼는데….

'찌이익….'

비상벨 소리 틈으로 뭔가 찢기는 소리가 귓가를 스친다. 순간 연상되는 것은 엘리베이터의 케이블이었다. 누구도 듣지 못했을 법한 희미한 소리. 불길함에 지나칠 수 없는 임선은 다시 고개를 돌려 알리려 했다.

"저, 교수님. 엘리베…."

"어서! 어서 가 있으란 말야 어서!"

"… 네에…."

거의 고함에 가까운 말투에 주눅 들어 대답하고 급히 돌아서 가는 임선에게 최 교수가 외치는 말이 있었다.

"문이 닫힌 다른 강의실을 찾아 들어가! 복도의 오른쪽에 있을 거야. 문은 닫고 전등을 켜고 구조를 기다려야 해! 어서 가!"

마지막 최 교수의 말에 진정이 느껴졌다.

"네에."

하긴 강의 시간 퀴즈 문제도 그랬고 더군다나 이 상황에 무슨 말을 한들 믿을까 싶다. 시간만 지체해 저들만 더 위험해질 뿐이고 내가 잘못 들었을 것이다. 빨리 자리를 비켜주는 것이 모두를 위해 최

선인 것 같다. 최 교수는 홀로 남을 임선에게서 연민을 느낀 것일까. 그녀의 뒷모습을 보며 눈물을 훔쳤다.

다시 복도로 나와 걷는 임선. 최 교수의 말보다 저들의 거짓을 확인하며 걷고 있었다. 열려있는 엘리베이터. 떨리는 목소리. 뒤섞인 향수, 스킨 냄새들. 그리고 다들 강의실에 갔고 곧 최 교수 자신도 강의실로 간다더니 결국 다른 교실로 가서 구조를 기다리라는 것은 교수님 스스로 거짓이란 걸 확인시켜 준 꼴이었다.

경황이 없었지만 지금 생각하니 실망스럽기도 하다. 엘리베이터의 경고음도 울리지 않았는데 나 하나쯤 더 태운다고 뭐가 그렇게 더 위험해질까. 꼭 그토록 다그치고 거짓을 연출했어야 했나? 아, 정말 실망이다.

한편, 임선이 사라진 엘리베이터.

"콜록콜록콜록."

여기저기 참았던 기침을 내뱉는 학생들. 최 교수가 조심스럽게 천천히 열림 버튼에서 손을 떼자 경고음 없이 바로 닫히는 엘리베이터 문.

"휴~ 휴~."

모두 긴 안도의 한숨을 내쉬었고 드디어 엘리베이터는 아래층으로 이동했다.

그리고 임선은 여전히 저들의 이기심에 실망하며 복도 벽을 더듬고 있을 때였다.

"우르르 꽈꽝!"

무언가 폭발하듯 엄청난 굉음이 구 별관 건물을 뒤흔들었다. 복도의 벽을 짚고 서 있던 임선은 그 자리에 주저앉았다. 잠깐의 굉음과 진동이 지나가고 복도는 다시 비상벨 소리로 채워졌다. 사람들에 대한 실망감도 날려버린 굉음이 정신을 번뜩 들게 하였다.

'아닐 거야. 아닐 거야. 아닐 거야.'

주문을 외듯 같은 소리를 반복하는 임선의 입술은 부르르 떨리고 있었다. 엘리베이터가 추락한 소리는 아닐 거다. 엘리베이터의 추락만은 부정하고 싶은 임선이었다. 콜록콜록. 아, 굉음 뒤 연기가 더욱 짙어진 것 같다.

아! 이럴 때가 아니다. 현실은 탈출이다. 이… 이대로 주저앉아 있을 순 없다. 정신을 차려 빨리 어디든 실내로 들어가야 한다. 하지만 익숙한 것이라곤 하나 없는 낯선 건물(구별관)이라 어찌할 바를 모르겠다.

그때야 오른쪽에 있을 거라며 다른 강의실로 들어가라는 최 교수님의 말이 떠오른다. 교수님의 말대로 오른쪽의 벽을 더듬으며 걷는 임선.

'콜록콜록. 콜록'

숨이 가빠지고 기침은 심해지고 정신이 혼미해진다. 벽을 더듬고 발길이 닿는 대로 갈 뿐이다. 이렇게 마지막을 맞이할 수는 없는데. 이모… 켁켁~.

'턱!'

벽이 아닌 나무 질감의 문이 손에 닿았다. 교수님이 알려 준 그 강의실인 것 같다. 손잡이를 돌려보지만 아…. 잠겼다.

"콜록. 켁켁~."

더 이상 걸을 기운도 없고 연기 때문에 복도에서는 얼마 견디지 못할 것 같다. 이제 선택의 여지는 없다. 그나마 나무 재질인 이 문을 박차고 들어가는 길밖에. 임선은 두세 걸음 뒤로 물러났다.

문의 눈높이에는 '출입금지 화기엄금'이란 큰 글씨의 표지판이 붙어 있었다. 임선은 힘껏 어깨로 문을 부딪쳤다

"퍽! 아야!"

어깨의 통증 뿐 어림도 없는 저항에 불과했고 임선은 본능적으로 몸을 사린 자신을 탓했다. 축 늘어진 몸으로 기침을 해대며 뒤로 물러나 다시 문 앞에 선 임선. 정말이지 마지막 기회인 것이다. 어금니를 물고 온 힘을 다해 코뿔소처럼 '출입금지 화기엄금'의 문으로 몸을 내던졌다.

"꽉!"

실린더가 부서지면서 문이 열리고 임선이 실내를 나뒹굴었다.

켁켁~ 켁~ 푸하~.

참았던 연거푸 기침을 하며 곧장 몸을 일으켜 문 찾아 닫았다.

문에 기댄 채 입을 벌려 크게 숨을 들이켰다 내뱉기를 반복하는

데 탄내가 입으로 빠져나가는 것만 같다. 당장의 위기에서 벗어나니 정신이 든다.

복도보다 한결 나은 실내 공기지만 여기도 곧 연기로 찰 것이다.

아! 전등! 최 교수의 말대로 전등을 켜야 구조대에 빨리 발견이 될 텐데. 주의 깊게 듣지 못했던 최 교수의 지시가 신기하게 떠오른다. 문 옆의 벽을 더듬는데 쉽게 스위치가 닿았다.

'틱!'

스위치를 켜고 다시 문에 기대어 앉았다. 신 별관이 생긴 이후 빈 곳과 사용하지 않는 곳이 있을 텐데. 전등이 켜지기나 했을까 싶다. 그렇다! 이땐 태양광카드로 확인하면 되는 것. 점퍼 주머니의 지갑에서 태양광카드를 꺼내든다.

아, 아무리 높이 쳐들어도 멜로디가 없이 조용하기만 하다. 전등이 꺼진 상태라는 것이다. 처음부터 켜진 상태였을 수 있다. 다시 스위치를 반대로 눌러 보지만 역시 반응이 없다. 역시나 태양광카드가 반응이 없는 걸 보니 고장이거나 전구가 없는 것이리라.

마지막 희망이 함께 꺼진 느낌이다. 그 사이 문틈으로 새어 들어온 연기가 코를 찌른다.

"콜록~."

문으로부터 물러나 벽에 기대어 앉았다.

아…. 무모하다. 이 어두운 이곳에서 구조를 기다린다는 것은.

꼼짝없이 갇혔고 더 이상 움직일 여력도 남아있질 않다. 여전히 비상벨 소리가 요란한 복도. 복도를 가득 채운 연기는 다시 비어있는 공간을 찾아 스며들기 시작했다. 점점 짙어지는 연기가 임선의 숨통을 조여 온다.

"콜록. 콜록. 콜록. 켁켁."

아⋯. 이모⋯ 이모⋯.

이모⋯. 이것이 마지막인 걸까.

따르르르르르르르~따르르르르르르르르~. 구 별관은 지칠 줄 모르는 비상벨 소리만 울려퍼지고 있었다.

얼마나 흘렀을까. 일어나 보니 두통에 현기증이 일어나 속이 울렁거린다.

"우웩~."

구토를 하자 마침 누군가 빈 통을 대어 준다.

"괜찮아?"

이모의 목소리! 임선은 다짜고짜 이모를 와락 껴안았다. 아무 말 없이 한참 안긴 채 있던 임선이 힘겹게 말문을 열었다.

"이모와 헤어지는 꿈을 꿨어. 근데 여기가 어디지?"

"여긴 병원이야. 괜찮아?"

"어. 병원~. 이모."

"응, 그래. 괜찮은 거지?"

그저 임선을 안타까워 바라보는 이모.

"많이 힘들었나 보구나. 이제 괜찮아."

"… 이모? 내가 어떻게 여기 있지?"

"기억 안 나? 그럼 억지로 생각하지 마."

"아니! 얘기해줘. 빨리!"

옆에 있던 해라가 대신 대답했다.

"어제 별관에 불난 것은 생각나?"

"아! 응."

"그럼 네가 어디 있었는 줄은 알아?"

"어… 빈 강의실?"

"흥~. 그렇지 않았으면 들어가지 못했겠지. 네가 발견된 곳은 물리화학실험실이었어

"화학실험실!"

"어떻게 보지도 못하는데 실험실 문을 부수고 들어가서 전등까지 켰는지 사람들이 다 놀라더라~. 난 이미 너의 능력을 알잖아. 그 정도야~. 그래도 불났는데 화학실험실은 누구도 생각 못할 일이지 아무튼 넌 정말 운이 좋았어"

"저. 전등! 그래 전등을 켰었지. 근데 전등이 들어오지 않았을 텐데?"

"그래. 넌 태양광카드가 반응이 없어서 꺼진 줄 알았겠지. 전등은 분명 켜져 있었고 카드가 고장이란다~. 네가 넘어지며 어딘가에 찍혔나 봐. 그래서 이모가 새로 주문해서 네 지갑에 넣어줬단다. 아무튼 이모는 니 일이라면 올인이다. 후훗."

"… 아니, 그리고."

흩어졌던 기억들이 하나둘 퍼즐처럼 맞춰지고 임선의 표정이 어두워진다.

"엘리베이터. 다… 다른 사람들은? 교수님? 학생들은?"

"어… 어. 그건… 나중에 얘기해줄게."

"아니! 지금 얘기해줘! 엘리베이터를 탄 사람들 모두 어떻게 됐는지!"

해라는 난감하다는 표정이었다. 옆에 듣고 있던 이모가 나섰다.

"집에 가서 천천히 얘기하자, 응"

임선은 대답을 피하려는 해라와 이모에게서 예감을 한 듯 허탈감을 감추지 못하고 고개를 숙였다.

"역시. 그랬어. 엘리베이터가…"

엘리베이터를 말하는 임선에 이모와 해라가 놀랐다.

"엘리베이터, 너도 사람들이 엘리베이터를 탄 것은 알고 있었구나…"

"그러니 어서 말해줘! 사람들은 어떻게 됐어!?"

"엘리베이터를 탄 사람들…. 모두 죽었단다."

이모의 대답에 화재의 현장에서 있었던 일들이 밀물처럼 밀려왔다. 충격에 휩싸인 임선이 눈을 깜박였다.

화재사고의 조사차 경찰이 찾아왔지만 임선은 입을 굳게 닫아버렸다. 그 뒤로도 수많은 기자들이 입원실을 찾아와 임선에게 인터

뷰를 요청했지만 거절했다. 임선이 염려된 이모는 기자들을 피해 야반도주하듯 하루 일찍 퇴원을 시켜버렸다.

퇴원 후 5일째. 이모가 챙겨주는 죽으로 겨우 끼니를 때우며 며칠째 누워지내던 임선. 오래전 이모의 집으로 처음 왔을 때의 모습을 보는 것 같기도 했지만 비할 것은 아니었다.

밤이면 악몽으로 잠을 이루지 못했던 날들. 탈진으로 119에 실려 다시 병원으로 갔던 날. 거실 마루에서 바닥으로 떨어져 큰 타박상을 입었던 날. 주변에서 임선을 다시 복지관으로 보내라는 권유하기에 이르지만 이모는 임선을 포기하지 않았다.

운영하던 옷가게를 닫고 더욱 임선의 간호에 매달렸다. 평소 말이 없고 무뚝뚝한 이모지만 임선의 일이라면 만사를 제쳤다. 부모 이상으로 지나칠 정도의 지극정성이 이해되지 않을 때도 있었다. 무한 애정을 쏟는 엄마 같기도 하고 묵묵히 지켜주는 아빠 같기도 한 이모였다.

그때 더한 시련을 통해 면역이 된 것일까. 이번 화재사고에서 임선의 회복은 빨랐고 이모 역시 임선을 믿고 기다려주는 듯했다.

저녁거리를 사러 장바구니를 들고 거실로 나온 이모가 임선의 방문을 연다.

"선아~. 같이 갈래?"

"아니 됐어… 갔다 와."

당연히 거절할 걸 알면서 물어본 것은 이모의 관찰이고 관심이었다. 퇴원 후 이틀은 대답도 하지 않았는데 많이 나아진 것이었다. 그런데 마당을 나가는 이모의 걸음 소리가 부자연스럽게 들린다.

이모가 장 보러 간 사이 오늘도 해라가 찾아왔다.

"이모는 시장에 갔나 보네."

"어. 근데 이모 다리를 저는 것 같은데 다쳤어?"

"아니. 모르겠는데. 잘못 들었겠지."

"…"

"이제 그만 일어나. 이모님도 너 때문에 많이 여위신 거 같다."

"…"

"선아, 우리 내일 해맞이나 갈까? 기분전환도 할 겸."

누워서 대답하던 임선이 해맞이를 가자는 말에 일어나 앉는다.

"그래, 가자. 바다로."

"응? 내가 잘못 들었나 바다?"

"그래, 뒷산 말고 바다로 가자고."

그토록 거부하던 바다로 해맞이를 가자는 임선의 말에 해라는 헛웃음이 나온다.

"헉~ 왜 그래~ 정말 바다로 가자고?"

"그렇다니까 속초로. 그러니 어떻게 갈 건지 교통편이나 알아 둬."

"속초라. 그 갈대밭이 있는 언덕 바다 말하는 건가?"

"어떻게 알았지!"

"아! 전에. 어디서 들었지. 아무튼 승용차 렌트 예약해 놓을게."

되묻는 임선에 해라는 괜한 말을 했는가 싶어 얼른 화제를 돌린다. 여고 때 시력을 잃은 이유를 묻는 친구들에게 불쾌한 표정으로 대꾸도 않던 임선. 이를 본 해라는 임선이 시력을 잃은 사연을 묻는 친구들을 가로막았다. 때문에 그 사연을 해라 역시 가장 가까운 절친으로 지내온 동안 물을 수 없었고 임선도 말한 적 없었다.

얼마 전 이모에게 바다 해맞이를 거부하는 임선에 대해 말하는 과정에서, 임선이 부모와 바다로의 해맞이 길에서 사고 겪은 것을 듣게 되었다. 이모 역시 자세한 것은 모르는 눈치였다.

엉겁결에 아는 척을 해버린 해라가 당황했다. 어쨌든 바다 얘기만 나와도 거부하거나 대꾸도 않던 임선이 바다로 해맞이를 가잔다.

10년 만에 다시 찾은
바닷가 해맞이

．

．

．

　다음날 새벽. 아직 어둠이 가시지 않은 들녘을 둘이 탄 승용차가 달리고 있었다. 차 안에서는 신나는 음악이 흘러나오고 음악에 맞춰 해라가 리듬을 타며, 운전을 하고 있다.

　출발 때부터 무거운 표정에 말이 없는 임선을 애써 외면하며 혼자 신난 척하는 해라는 그것이 편할 것 같아서이다. 임선이 몸을 실은 승용차는 다시는 가지 못 할 것 같았던 그곳을 향해 달려가고 있었다. 구 별관 화재사고를 겪은 임선에게서 분명 어떤 심경의 변화가 느껴졌다. 한 시간을 가량 달린 승용차는 구불구불 산복 도로를 지나고 있었다.

　"해라야. 산복 도로 다 내려왔니."

　"응 어떻게 알았지 암튼 다방면에 대단한 능력자야! 근데 왜?"

"아냐. 아무것도. 운전이나 조심해."

"헐~ 싱겁긴~. 걱정 마! 운전경력 2년 차 무사고 베테랑이야. 흐흐."

"야!"

임선이 짜증 난 듯 고함을 질렀다.

"아~ 놀래라! 왜?"

"아. 아냐. 운전이나 해."

임선은 미간을 찌푸리며 뭔가 말하려다 속으로 삼켰다. 무사고를 내세우는 말에서 10년 무사고라는 했던 엄마 친구의 말이 떠올라 몹시 거슬렸다.

드디어 임선의 안내로 승용차가 갈대로 둘러싸인 공터에 섰다. 사람의 키 높이나 되는 마른 갈대숲에 둘러싸인 공터는 아직 어둠이 가시지 않았다. 오래전 기억을 더듬던 임선의 안내로 풀에 덮인 길을 지나 갈대숲을 헤치고 나왔다. 아직 어두운 들판의 끝에 겨우 바위가 시커멓게 보일 정도였다.

"야~ 하늘의 별빛들이 일출만큼이나 예쁘다. 히히."

"…"

임선은 해라의 감탄사에도 출발 때와 같이 무표정이었다. 바위 앞에서도 앉자는 말을 듣지 못했는지 멍하니 선 임선. 해라는 깊은 사연을 알지 못하지만 임선이 오래전 여길 오려다 모든 것을 잃게 된 것을 이모로부터 들어 알고 있는 터였다.

반가움보다 회한에 잠긴 것이 이해되고 남았다. 임선에게는 가장 큰 행복을 주었던 곳이고 가장 큰 아픔의 원인이 되었던 이곳. 성당 뒷산이 대신하지 못했던 바다 내음이 10년 전 기억들을 몰고 왔다. 아빠의 깜짝 이벤트로 바이올린을 선물 받던 기억은 생애 최고의 기쁨이었고 어설픈 연주에도 기쁨을 감추지 못하던 부모님의 모습은 잊을 수 없는 행복이었다.

그리고 그때 구름에 가린 해맞이였음에도 바다는 더 이상 아름다울 수 없는 광경을 보여줬다.

하지만 그런 기억들은 한순간의 사고로 죄책감과 함께 묻어버렸다. 보고 싶은 엄마와 아빠도. 이곳에서의 추억도. 죄책감과 따로 떼어 추억할 수 없는 것이라 어쩔 수 없이 모두 망각해버린 것이었다.

선 채 회상에 잠긴 임선은 수없이 눈을 계속 깜박이고 있었다.

이를 지켜보는 해라는 임선의 눈에서 흘러내리는 눈물을 보는 것만 같다. 한때 임선의 눈 깜박임을 놀렸던 것에 대한 미안한 마음이 더욱 드는 순간이다. 어떤 식으로든 슬픔에 빠진 임선을 위로하고픈 해라는 임선의 양팔을 잡고 바위에 앉혔다.

"다리 아프니 앉고 보자. 음."

"…"

"불을 밝힌 고깃배들이 바다의 별처럼 떠 있네. 저 배들 보니 어고 때 너의 북극성 얘기가 생각나네."

"…"

임선은 동작을 멈춘 채 여전히 눈만 깜박이며 해라의 말에 묵묵

부담이었다.

별관화재로 또 다른 죄책감에 고통스러운 날들을 보내고 있을 때 악몽에 깬 새벽녘. 임선은 옥상을 올라가 간이의자에 앉아 괴로움에 흐느끼고 있었다.

처음 바깥으로 나왔을 때처럼 손등을 따뜻하게 감싸주는 온기에 고개를 들었는데 아빠가 바로 앞에 온화한 미소를 지으며 서 있었다.

이내 곧 멀어지는 아빠의 손짓에 임선은 간이의자에서 일어나 손을 뻗어 아빠의 손을 잡으려 했다. 그리고 물탱크의 그늘에서 나온 임선은 온몸으로 햇빛의 온기를, 아빠의 온기를 느꼈다.

선명한 아빠의 모습은 사고 후 10년 만에 처음이었다. 그날 그늘에서 나오라는 아빠의 손짓이 임선을 오늘 이곳 바다 해맞이로 이끈 것이다.

해라는 임선을 방해하지 않으려 계속 지켜보고만 있었고 머리 위 북극성이 희미해지도록 말이 없던 임선이 뒤늦게 해라의 말에 대꾸를 했다.

"북극성. 옛날 배들의 길잡이가 되었던 북극성처럼 너도 나에겐 북극성 같은 존재라고 했지."

"풉. 대답 한번 빠르네. 그땐 그 말이 왜 그리 듣기 좋던지. 항상 너에게 북극성이 되어주고 싶었는데. 언제부턴가 아니더라."

"그래 이제 북극성 아닌 거 맞아. 대신 달 같은 존재지. 가리켜 주는 것뿐 아니라 아예 비춰주잖아. 후후."

"헐~ 별에서 달로 진급시킨 거야. 하하하~."

"넌 어느 존재보다 소중한 나의 친구야. 항상 받기만 해서 미안하고 고맙고."

"뭘 받기만 해! 나에겐 너는 정신세계의 북극성이란 말야~. 나에게도 꼭 있어야 할 하나밖에 없는 친군데~."

"후후~."

애써 태연한 척하려는 건지 좀 전보다 밝아졌던 임선이 다시 진지해졌다.

"아까 산복 도로를 내려왔는지 왜 물었냐면. 그곳이 10년 전 내 모든 것을 잃었던 곳이야. 엄마, 아빠도, 내 눈도, 꿈도."

"…"

임선은 어느 누구에게도 말하지 않았던 그 옛날 사고에 대해 처음으로 말문을 열었다.

이모를 통해 대략 알고 있었던 사연을 임선에게서 직접 자세히 듣고 나니 해라는 숙연해졌다. 모든 사연을 알고 나니 충격적이고 처절하고 그 아픔이 전해지는 것만 같다. 새삼 과거 임선의 행동까지 이해가 갔다.

"너의 죄책감을 이해할 수 있을 것 같아.

하지만 그날의 사고가 너 때문이고 그래서 네가 부모님을 돌아가시게 한 것이라면 세상에 어떤 일도 할 수 있는 일이 없을 거야.

인명은 재천이라는 말도 있잖아. 결국 하늘이 데려가신 거지.
그래도 하늘은 널 외면하지 않고 너에겐 이모를 보내셨잖아."

해라의 말에 임선이 미소를 지었다.
"어쩜 너도 이모와 같은 말을 하네."
"그랬나 후후. 어쨌든 너 혼자 살아남은 것이 죄는 아니잖아. 이
번 화재도 그렇고."
"…"
화재의 말을 꺼내자 임선이 기다렸다는 듯 말문을 열었다.
"이번 화재도 내 탓인 것만 같아서 많이 괴로웠지. 또 고마워해야
할 사람들을 오히려 원망한 나 때문에 더 힘들었고."
"…"
임선의 알 수 없는 말에 해라가 귀를 쫑긋 세웠고 임선의 고백은
구 별관 화재로 이어졌다.
"강의실을 겨우 나와 혼자 복도를 헤매고 있을 때 비상벨 소리에
묻힐 듯한 사람들 소리를 듣고 거기로 갔어.
그곳은 엘리베이터 앞이었고 모두 타고 있었지.
그런데 나를 엘리베이터에 태우지 않으려 한마음이 되어 속이는
교수님과 학생들을 이해할 수 없었어 나를 태울 여유는 있었을 텐
데. 그래도 상황이 급하니 빨리 비켜줘야 할 것 같았어. 그래서 돌
아서는 순간 확실하진 않지만, 엘리베이터 쪽에서 뭔가 끊어지는
소리를 들었는데 말해주지 못했어.

그것을 말해줬더라면. 모두 살 수도 있었을 거란 생각이 한동안 나를 괴롭혔지. 죄책감이라면 정말 지긋지긋하게 달고 살았는데 또 다시 별관 화재로 죄책감이라니. 정말 어이가 없더라고. 그런데 어느 하나의 생각이 맘을 편하게 해주더라."

"무슨 생각이?"

"말을 했어도 내 말을 믿지 않았을 거란 생각. 말을 했어도 달라질 게 없었을 거란 생각을 하게 되더라.

강의 시간에도 나의 말은 믿으려 하지 않았는데 하물며 그 상황에서 케이블 끊어진 소리를 알린다는 것이 가당키나 했을까라는 생각. 그런 믿음이, 아니 불신이겠지.

어쨌든 그 생각이 죄책감으로부터 한결 가볍게 해줬어. 결국 너의 말처럼 인명은 재천인 거지. 내가 어떻게 할 수 없었던 거야.

그리고 나도 탔으면 그들과 같은 처지가 됐을 텐데. 더구나 교수님이 마지막으로 알려 준 대로 했기 때문에 살 수 있었던 건데. 한순간 속았다란 생각만으로 원망했어. 고마워해도 모자랄 판에."

해라가 조심스럽게 말을 꺼냈다.

"넌 엘리베이터가 추락한 줄 알고 있었구나. 알고 있는 줄만 알았네. 엘리베이터는 추락하지 않았어."

"무슨 말이야??"

"엘리베이터는 고장으로 8층과 7층 사이에 멈춰서 모두 질식사한 거였어."

"그럼 내가 들었던 폭발음은 뭐지?"

"밑에 층에 있던 LPG 가스통이 가열돼서 폭발한 거였어."

아. 그럼 케이블 찢기는 소리를 착각하고 폭발음은 우연한 가스통 폭발이었단 말인가. 할 말을 잊은 임선이 한숨만 쉬었고 해라가 말을 이었다.

"이모는 모를 거라 했는데 내 예상대로 넌 엘리베이터에 교수님도 학생들도 모두 타고 있다는 걸 알고 있었어.

그날 먼저 엘리베이터로 탈출한 사람들이 있었고 뒤늦게 알아차린 교수님과 학생들이 엘리베이터로 두 번째 탈출을 시도한 거였어. 10층으로 올라갔던 엘리베이터가 또 다른 사람들을 태우고 내려왔지 10층에도 사람들이 있었던 거야. 교수님이 마지막으로 올랐을 때 정원초과 경고음이 울리다 멈췄고 모두 당황한 사이 네가 나타난 거였고."

8층의 같은 강의실 학생들이 탈출했고 10층에도 사람들이 있었다는 예상치 못한 사실에 또 한번 놀라워하는 임선.

"그날 엘리베이터에 탄 사람들 모두 죽었고 24명으로 알고 있는데 정원초과라니?"

"엘리베이터는 정원 20명인 중량 1350kg이었거든. 난 사실 그날 확인하지 않고 너에게 물었어. 당연히 네가 말하는 것이 정답이란 걸 믿었던 거지. 미안해. 엘리베이터 중량을 확인한 것처럼 질문해서."

"아냐. 착각한 내가 잘못이지."

"그리고 그날 사망자는 모두 25명이야"

"왜?"

"네가 구출된 옆 강의실로 피신한 남학생 한 명이 질식사한 채 발견됐거든 오히려 위험한 실험실에서 살아난 네가 다들 아이러니라고 해. 정확한 건 아니지만, 실험실이라 연기 차단이 더 잘됐다는 말도 있긴 해."

순간 임선은 최 교수가 알려 준 강의실을 떠올렸다 그런데 해라는 마치 현장에서 보고 있었던 것처럼 말하고 있는 것이었다.

"아니! 그런데 넌 어떻게 모든 걸 알고 있지?"

"사고 하루 후 경찰서에서 연락받은 이모가 같이 가자 해서 따라갔어.

그곳에서 사고 당시 촬영된 CCTV의 영상을 보여주더라고.

다들 빠져나간 강의실에서 혼자 출구를 찾아 헤매다 넘어지는 너를 본 이모님이 얼마나 우시던지. 너에게 상처가 될까 이모님은 사람들의 거짓말을 말하지 마라 했는데 내 짐작대로 넌 모두 알고 있었던 거야."

CCTV. 임선은 허탈했다.

"그랬구나. 이미 경고음이 울린 상태였다니. 누구를 더 태울 수 있는 최소한의 여유도 없었단 말이네."

"누구든 그 입장이면 그렇게 생각할 수밖에 없을 거야. 마음 쓰지 마!"

왜 그런 오해로 사람들을 원망했는지 다시 자책하는 임선을 보며 해라는 엘리베이터의 진실을 괜히 말했는가 싶다. 우연한 자신의 착각으로 생긴 오해와 죄책감이라는 것을 알았지만 찜찜함을 지울 수 없는 임선이었다. 어떻든 스스로 한 착각이니 누구를 원망할 것도 아니었고 모두 털어내려 여기까지 온 것이 아니던가.

잠시 의기소침한가 싶더니 금세 밝아진 임선.

"어쨌든 너에게 다. 털어놓으니 속은 시원하다. 진작 말할 걸 그랬나 봐."

"그래, 네가 그렇게 말하니 마음이 놓이네."

더 이상 그늘에 갇혀 있지 않으려는 임선의 의지가 그 한마디에 담겨 있었다.

두 사람의 대화 속으로 사라진 별들. 수평선이 빛에 달구어지고 있었다. 해라는 뒷산의 해맞이에서처럼 나레이션을 시작했고 임선은 잊지 않고 태양광멜로디카드를 꺼내어 바위 위에 얹어 놓았다.

"와~ 너무 환상적이다~. 산과는 또 다른 그림이네. 정말 같이 봤으…."

해라가 습관처럼 나온 말에 멈칫하자 임선이 빙긋 웃는다.

"나도 알고 있어. 바다에 비친 하늘, 고깃배, 바닷새의 조화가 얼마나 예쁜지. 예전에 봤기 때문에 잘 알아. 그러니 그만 아쉬워해. 거기다 너의 나레이션이 실감을 더해주잖아 그것으로 완벽해~."

"근데 바닷새는 없는데 후훗."

"그래? 아직 나타날 때가 아닌가. 암튼 계속해."

"파도는 잔잔하고 해는 오로지 직전이야. 너의 말처럼 바다에 비친 하늘색이 너무 예쁘게 물들었고 출렁이는 하늘 위로 고깃배들이 지나간다.

해의 기운이 수평선을 허물고. 어. 바닷새? 그래. 맞아. 바닷새다! 여러 마리가 우리를 향해 날아오고 있어 마치 수평선에서 나온 것처럼. 어쩜 네 예언이 다 맞냐 자리 깔아도 되겠다. 흐흐~"

"자연현상이 다를 게 있냐? 항상 같지~. 야, 근데. 바닷새뿐 아니라 모든 풍경이 수평선에서 나오는 것처럼 보이지?"

"전혀 아닌데! 난 태양에서 나오는 것처럼 보이구만~. 와! 드디어 광선처럼 빛이 뿜어져 나오기 시작했어~"

추억이 되어버린 부모님과의 해맞이 때 했던 말을 떠올렸던 임선이 괜히 머쓱해졌다. 드디어 바다내음을 품은 빛이 세상을 밝히고 10여 년 만의 해를 맞이하는데.

이어서 태양광멜로디카드에서는 멜로디가 흘러나왔다.

"띠리리리리 띠리리리리리리리~♪"

따뜻함. 포근함. 태양은 그렇게 임선을 한없는 넓은 품으로 안아주었다. 그런데 멜로디를 듣던 임선이 놀란 기색이다. 원래의 멜로디곡이 아니었다.

"선아, 멜로디곡이 바뀌었네. 이모가 새로 주문하면서 곡도 바꾸었나 보다."

해라의 귀에도 생소한 곡이었다.

그랬다. 이모는 화재현장에서 고장 난 카드를 교체하면서 멜로디도 새로운 곡으로 바꿨던 것이다. 그런데 임선에게 아주 귀에 익은

음이었다. 들을수록 명확해지는 멜로디. 임선은 귀를 의심했다.

아무리 들어도 그 곡은 '아침이슬'이었다. 그날의 사고로 바이올린과 함께 잊었던 아빠의 18번이자 미완의 연주곡이 되어버린 '아침이슬'. 흘러나오는 멜로디에 가사가 떠오르고 자신도 모르게 '아침이슬'을 흥얼거리고 있는 임선. 처음이었다. 아빠로부터 수도 없이 듣기만 했지 이 노래를 불러 본 적은 없었다. 오래전 아빠가 그랬던 것처럼 임선은 멜로디를 따라 '아침이슬'을 불렀다.

"긴 밤 지새우고 풀잎마다 맺힌 이슬처럼 진주보다 더 고운 아침이슬처럼~."

태양이 수평선을 벗어나고 그림자가 카드를 가리자 아침이슬의 멜로디가 멈추었다. 멜로디가 멈추었음에도 침묵하는 임선에게 해라가 말을 걸었다.

"옛날 노래인 것 같은데 어떻게 알고 부르네."

"어, '아침이슬'이란 가요지. 그날 이곳에서 연주하려 했던 곡이야. 아빠가 그토록 좋아했던 그 노래."

"우와! 대박… 어떻게 이런 일이. 그런데 이모가 어떻게 알고 그 노래를 카드에 녹음했을까."

"우연일 거야. 언젠가 내가 옥상 간이의자에 앉아 아침 햇살을 기다리면 이모는 빨래를 널며 콧노래를 부르곤 했지 콧노래는 생소한 찬송가가 대부분이었는데 어느 날인가 귀에 익은 노래이길래 들어보니 '아침이슬'이더라. 놀랍기도 했지만, 아빠 생각에 나도 모르게

같이 부르고 있더라. 우리 부모님 시대 때는 모르는 사람이 없을 정
도로 국민가요였다니.

　그런데 여기서 멜로디로 아침이슬을 듣게 될 줄이야. 엄마, 아빠
가 근처에 있는 것만 같아."

　"그랬구나. 정말 기가 막힌 우연이네. 해맞이랑 너무 잘 어울리는
곡인데."

　"그래. 아마 그래서 이모도 아침이슬을 넣은 것 같아."

　"오. 그러게."

　"어. 근데 바이올린은 어떻게 됐어?"

　문득 바이올린의 행방이 궁금했던 해라가 질문을 던졌다.

　"음…. 내가 끌어안고 있는 바람에 멀쩡했지.

　그런데 정이 가겠냐? 노래와 함께 불행이 시작됐는데. 아빠의 선
물이라 버리지도 못하고. 이모가 다락에 뒀다는데 모르겠어."

　"여기까지 왔는데 이제 니가 그토록 좋아했던 바이올린을 취미로
라도 다시 연주했으면 좋겠다."

　바이올린을 연주하라는 말에 잠시 머뭇거리던 임선.

　"내가 원했던 것은 바이올린이 아니었어. 석진이처럼 되는 것이었
지. 바이올린은 그 수단일 뿐이었고.

　그런데 공부로 석진만큼 사람들의 관심을 얻었을 때 내 자신이
낯설게 느껴지더라 내가 아닌 것 같더라고…"

　"…."

며칠 후 집으로 돌아온 임선은 화재사고의 충격에서 벗어남은 물론 예전보다 한결 밝아진 모습이었다. 해라와 사고로 숨진 교수와 학생들의 분향소도 찾았다. 확연히 트라우마를 피해왔던 과거와 다른 모습이었다.

 다시 대학캠퍼스로 돌아온 임선. 2학기 기말시험을 마친 늦가을. 하굣길의 임선과 해라가 교문을 나선다.

 "민규 씨는 군대 갔어?"

 "그래. 니가 사고로 누워있는 날 입대했지."

 "정말 잊은 거야?"

 "그래. 이제 민규 말도 꺼내지 마라~."

 "헉! 정말?"

 "그만하라니까!"

 그때였다. 해라의 재킷 주머니에서 휴대폰 벨 소리가 울렸다.

 '근심을 틀어놓고 다 함께 차차차~ 잊자잊자 오늘만은~♩♪♬'

 휴대폰 벨 소리였고 황급히 전화를 받은 해라.

 "네. 필요 없습니다~. 아~ 증말~ 스팸전화 짱 난다."

 "야! 그 촌스러운 벨 소리 이제 바꿔라! 너 혹시 민규 씨가 넣어 준 거라 못 지우는 거 아냐? 그렇지?"

 "야~ 난 민규가 깔아줬다는 것도 잊고 있었거든. 별걸 다 기억하네~. 바꿀게."

 "헐~ 민규 씨는 아저씨도 아니고 취향도 독특해. 트로트가 뭐냐

~."

"장난이었거든!"

얼마 전 민규가 입력해 준 노래라며 자랑한 걸 기억하고 있었던
임선의 지적에 겸연쩍은 해라는 화제를 돌렸다.

"그건 그렇고 겨울방학 때 동아리 MT 같이 갈래?"

"나야 가고 싶지만 외박이라면 말도 못 꺼내게 하는 이모가 허
락할까?"

"어! 너 정말 같이 가고 싶구나! 그건 내게 맡겨. 대학 생활에
MT는 한번 가봐야지!

글고 이젠 상황이 다르잖아 니가 혼자 다니지 못할 곳이 있냐!
내가 이모한테 허락 맡으면 가는 거다?"

"어. 그래. 알았어."

그날 바로 이모를 찾아간 혜라는 외박이라곤 한 번도 해본 적 없
는 임선과의 여행을 끈질기게 설득하여 이모의 허락을 받아냈다.

첫 여행이 된 MT

.

.

.

겨울방학을 하고. MT 당일이 되었다. 정류소에 입김을 뿜으며 버스를 기다리는 임선 일행들. 곧 도착한 버스에 오르고 자리한 일행들의 들뜬 대화와 웃음으로 버스 안은 소란스러웠다.

함께 앉은 임선과 해라도 일행의 대화에 끼어들었다.

"그러니까 기가 막히게 약봉지가 바뀐 거구나."

"근데 위장약을 먹은 네 친구는 변비가 나왔는데 변비약을 먹은 위장병 환자는 효과 봤을라나. 하하하."

"암튼 환자에게 약을 바꿔서 준 간호사가 명의다. 후후~."

"그것을 위약 효과라고 그러지. 유명한 한의원이라는 믿음이 효과를 배가했을 거야.

때론 믿음의 효과는 기적을 낳기도 하지~"

"후헤헤헤헤헤헤헤헤~."

그들의 수다는 계속되었고 도시를 빠져나와 국도로 달린 지 두 시간 만에 버스가 버스휴게소에 도착했다. 다시 마을로 들어가는 버스의 대기시간은 10분 남짓. 일행들은 화장실로, 편의점으로 각각 흩어지고 해라와 임선도 편의점으로 향했다.

"이제 마을버스로 20분 정도만 가면 된다니 도착해서 화장실 가도 되겠지?"

"응, 난 괜찮은데."

해라가 임선을 데리고 편의점의 악세사리 코너 앞에 서서 두리번거리고 있었다.

"너 머리핀 무슨 색으로 할래?"

"뭔 머리핀. 난 괜찮아."

"야! 아주 없어질 때까지 사용할래~. 이모가 사주라고 돈 줬으니어서 골라라~. 잠자리 예쁜데 노란색하고 파란색 중 뭐할래? 맞다! 너 노란색 싫어하지.

나도 파란색이 맘에 들지만 하나밖에 없네. 할 수 없지. 내가 양보할게 히히."

"음…. 네가 파란색 하고 싶으면 그렇게 해…"

"무슨 말! 네 꺼 사주러 왔다가 난 얻어가는 건데~ 늦겠다. 어서 가자. 버스로 가서 끼워줄게."

버스로 돌아와 좌석에 앉은 두 사람.

해라는 임선에게 머리핀을 꽂아주며 흐뭇한 미소를 지었다.

"와우~ 예쁘다. 파란색이 잘 어울리네~."

"내가 노란색 해도 되는데."

"아니 됐어. 난 아무거나 잘 어울려. 하하."

임선이 오래전 사고차량의 색이었기에 기피하던 노란색을 소극적으로나마 받아들이겠다는 것이었다 바다해맞이 이후 달라진 의지의 반영이기도 했다. 다시 갈아탄 마을버스는 20여 분 더 달려 간이 정류소에 멈췄다.

버스에서 내린 일행들. 임선과 해라는 내리자마자 정류소 근처의 화장실로 향했다.

마을로 들어온 일행들의 입에서 감탄사가 흘러나온다.

"와~ 너무 좋다.", "음~ 이 맑은 공기.", "산수화가 따로 없네."

산 중턱 여기저기 흩어진 초가집이 너덧 가구는 되어 보이는 작은 산속 마을. 병풍처럼 펼쳐진 산. 고요한 가운데 멀리 새소리가 들려온다. 그리고 일행들이 멈춘 곳은 벼루바위였다.

이름처럼 직사각의 모양으로 누운 바위에는 파인 큰 홈에 물이 먹물같이 담겨 있다. 마치 대형 벼루를 보는 것 같고 그 옆엔 스러질 듯 기운 벼루바위의 안내 표지판. 소원을 빌고 벼루바위에 손을 담갔다. 빼서 깨끗하면 소원이 이루어진다는 전설에 대한 내용이었다. 낡고 색이 바래 보일 듯 말듯 지워진 글들을 읽어 내리는 종민.

"야! 이거 한번 해보고 가자!"

"야, 전설인데 그걸 왜 해보냐. 손만 시럽지. 빨리 가기나 해."

"화장실에 간 두 사람 기다릴 겸 한번 해보자~"

종민의 말에 공감한 일행이 벼루바위를 둘러쌌다. 팔소매를 걷어 장난스럽게 주문 외듯 소원하며 벼루바위에 손을 넣는 종민.

"아윽~ 차가워!"

종민이 넣자마자 빼버린 손이 깨끗하자 환호했다.

"얏호~ 깨끗하다. 소원이 이루어지겠는데~"

"야, 장난하냐? 젓지도 않았으면서!"

바닥에 깔린 먹의 침전물이 일어나도록 손을 저으라는 표지판의 내용을 무시한 종민의 장난에 야유하는 일행.

"알았어. 이번에 진짜로 할게."

이번엔 진지한 종민이 벼루바위에 손을 넣어 휘휘 젓자 벼루바위의 물이 금새 먹물처럼 까맣게 되었다. 종민이 담갔던 손을 빼자 껌정이 까맣게 묻은 손이 마치 검은 장갑을 낀 것처럼 되어 일행들이 박장대소를 했다.

"푸하하하~"

"그럼 그렇지. 아니 이 새까만 물에 손을 담가도 깨끗하면 그게 사람 손이냐 신의 손이지. 크크."

"전설에는 묻지 않은 사람이 있었다잖아. 그러니 소원이 이루어진다고 하지."

"난 니 소원이 뭔지 더 궁금한데~ 풉."

"뭐 한 1억 정도 생기게 해달라고 빌었지. 푸하~"

"헐~. 야 그 1억 먹물 안 묻으면 내가 줄게~."

푸하하하~.

민희의 발언에 장난기 발동한 동완이가 팔을 걷고 나섰다.

"좋아 1억 준다고 했다. 잘 봐~ 소원은 예약했으니 말할 필요 없고. 자~ 들어간다. 으윽~ 시원해~."

역시 검게 묻어난 손에 일행이 박장대소를 한다.

"푸하하. 그럼 그렇지. 야~ 그냥 전설일 뿐이지 빨리 가서 손이나 씻어야겠다."

마침 화장실을 갔다가 뒤늦게 온 임선과 해라. 웃으며 신난 일행들에게 해라가 물었다.

"뭐가 그리 잼있어 그렇게들 난리야?"

해라의 물음에 짓궂은 표정의 종민이 표지판의 내용을 알려주며 임선에게도 손 넣어 볼 걸 권한다.

"깨끗하면 민희가 1억 준댔어. 글고 혹시 알아? 앞을 보게 될지~ 크크크."

"우히히히 헤헤~."

종민의 말에 히죽히죽 웃는 일행들. 그러나 해라의 표정이 급격히 굳어졌다.

"야! 니들 지금 앞 못 보는 친구 두고 비웃는 거냐!"

"…"

해라의 한마디로 화기애애한 분위기가 얼어붙기 직전이었다. 이를 의식한 임선이 재빨리 진화에 나섰다.

"왜 그래? 그 정도 농담 가지고. 난 괜찮은데. 글고 한번 해보자. 진짜 눈뜨게 될지 아냐. 후후."

"그래~ 아무려면 앞 못 보는 임선이를 비웃으려고 그랬겠냐? 잼있자고 한 농담인데."

해라의 눈치를 보던 종민이 임선의 말에 더욱 부추겼다.

심한 듯한 종민의 발언을 농담으로 시원하게 받아주는 임선이 의외였다.

바다 해맞이 이후로 확실히 달라진 것 같은 임선.

해라는 임선의 반응에 굳은 표정을 펴지 않을 수 없었는데. 한 술 더 떠 팔을 걷어 올려 진짜 벼루바위에 손을 넣으려는 임선. 해라가 어이없어 하며 저지하려 한다.

"그렇다고 정말 손을 넣으려고 하면 어쩌냐? 애들 장난이야. 그만하고 가자."

"야, 무슨 큰일이라고. 너야말로 그렇게까지 할 필요 있냐? 이런게 추억이지 재미 없게. 그냥 하게 냅둬라."

민희의 말에 다시 싸늘해질까 임선이 얼른 해라를 달랜다.

"그래, 지나고 나면 다. 추억인데 한번 해보자? 응~."

"그래, 알았다. 알았어!"

애써 웃으며 해라가 임선의 팔을 잡아 먹물로 유도하는데 종민이 저지하며 말했다.

"잠깐! 소원을 먼저 빌어야지~."

"빌었는데."

"아무리 재미로 하지만 너무 성의 없는 거 아냐? ~ 전설이라도 소원이 이루어졌다는데. 혹시 알아?"

"알았어. 다시 할게. 근데 소원을 하나만 빌어야 돼?"

"아니~. 그런 말 없어. 얼마든지 빌어 봐. 하하하."

종민의 말에 임선은 다시 기도하듯 진지하게 두 손을 모으고 소원을 빌었다. 해라의 눈치를 보며 웃음을 감추지 못하는 일행과 종민이 수군덕거렸다.

"소원 한두 개가 아닌가 본데? 흐흐."

"그러게~ 장난 삼아 해보는 건데 너무 진지하게 나오네."

"글고 검정 장갑을 끼는 것도 기적 같긴 하다. 호호호."

"그러게 이번엔 깊이 담가서 고무장갑 낀 것 보고 싶은데~ 푸후후후후후후."

"조용하고 지켜보기나 해!"

해라의 한마디에 조용해진 일행. 무관심한 척하지만, 임선의 손으로 시선들이 가 있었다.

해라가 이끄는 대로 벼루바위에 손을 담그자 임선이 신음처럼 소리를 낸다.

"으윽~ 차가워~."

그리고 손을 천천히 들어 올리는데. 일행의 탄성이 흘러나왔다.

"아니 이럴 수가! 이건 기적이다. 어떻게 이런 일이. 손이 깨끗하잖아!"

종민이 믿을 수 없다며 다시 임선의 손을 담가 저어 보기까지 하는데 역시 손은 깨끗했다. 놀라움에 일행들은 제각기 한마디씩 쏟아냈다.

"우와~ 이게 말이 돼! 정말 기적인데?"

"야~ 네 소원 이루어지면 분명 벼루바위의 기적인 줄 알아라. 크크크."

"소원 하나 아니었잖아. 대박인데. 흐흐. 또 뭘 빌었어?"

"음…. 1억 원 생기게 해달라고 빌었지. 후후~."

임선의 재치에 일행은 폭소를 했다.

"민희야, 너 빨리 1억 줘라. 하하하."

"야~ 그걸 믿었냐? 농담도 못하것다. 후후후."

믿을 수 없다는 듯 해라는 물론 생각 없이 지켜보던 다른 일행들도 너도나도 벼루바위에 손을 담가 보는데 모두 까맣게 껌정이 묻어났다.

"신기하네. 진짜 너만 먹물이 안 묻어. 정말 눈 뜨는 것 아냐? 크크."

해라와 일행의 반응에도 임선은 알 수 없는 표정에 고개를 갸우뚱할 뿐이다. 일행의 요란한 반응에 마침 지나던 마을 노인이 다가와 보고는 역시 한마디 건넨다.

"내가 이 마을에 50년을 넘게 살았는데 거기 손 담가서 깨끗한 사람은 첨 보네.

저 학생 정말 눈뜨겠구면."

"할아버지 말씀 들었지 이건 기적이야. 크크."

지나던 할아버지까지 가세하니 임선은 손에 먹물이 묻지 않았음을 실감하는 눈치였다.

그렇게 임선과 벼루바위의 미스터리를 남긴 채 일행들은 민박집으로 향하고 있었다. 나란히 걷는 임선과 해라.

"야 검정물이 안 묻은 것은 진짜 신기하더라. 너, 정말 눈뜨는 거 아냐? 후후."

"그런 농담하지 말라고 한 것이 누군데 이제 너까지 왜 그러냐! 글고 내 소원이 이모처럼 눈뜨는 것밖에 없는 줄 알어!"

"기분 나빴어? 미안. 정말 네 손에만 묻지 않으니 신기하기도 하고 진짜 네 소원이 이루어질 것만 같아서 그래. 보고도 믿기지 않는데 넌 오죽하겠냐."

"그래. 처음엔 의심이 갔던 건 사실이야 너희들이 내게 희망을 주려고 그러는 줄 알았지. 위약효과 같은 거. 그런데 할아버지에다 너까지 그러니 어떻게 믿지 않을 수 있겠어? 정말 소원이라도 이루어질 것 같아 기대까지 되는 이런 기분 처음이야. 후후."

"헐~ 위약효과. 너. 차 안에서 들은 얘기로 우리가 너에게 희망고문이라도 하는 줄 알았구나! 솔직히 말하면 아예 묻지 않은 것은 아니지만 조금 아니. 그 정도면 안 묻은 거 맞아! 다들 신기해서 좀 오버했을 뿐 거짓은 아냐. 널 속인 게 아니라고!"

"알았다니까. 이제 믿는다고."

"야. 할아버지가 아니었으면 믿지 않을 수도 있었다는 말인데. 헐, 섭섭해~."

"아냐~ 그래도 너의 말이 결정적이야. 알지!"

"어휴~ 암튼 네가 기분 좋은 것 같아서 됐어. 흐흐흐."

농담으로 불신에 대한 서운함을 내비친 해라는 점점 적응해가는 모습이었다. 대학 전까지는 해라의 말이라면 절대적인 신뢰를 하던 임선이 홀로서기를 하면서 변화가 감지되었다.

두 사람의 일에서 늘 해라의 의견에 맞춰주던 임선이 자신의 주장이 늘어나고 해라의 말에 고개를 갸우뚱하는 일이 생겨나면서 가끔 서운함을 토로하곤 했다.

그런데 오늘처럼 노골적인 의심은 드문 경우였는데 물론 농담으로 흘린 것이었다.

"근데 눈 뜨는 소원 말고 정말 1억 생기게 해달라고 빌었어?"

"당연히 농담이지~. 하나 더 빌었는데. 그건 비밀이야. 이루어지면 알게 될 텐데 뭘~ 호호."

"헐~ 이루어지면 알게 된다고? 어떤 것이길래. 암튼 두고 보지 뭐. 후후."

위약효과를 주려던 해라와 일행의 과장으로 알던 벼루바위의 진실이 사실로 다가왔다.

여태껏 기도에서 나오는 믿음과 다른 느낌의 희망이 기분 좋게 스며들었다.

일행이 삼삼오오 수다를 떨며 걷는 사이 산복 도로를 오르고 비포장 도로를 지나서 민박집에 도착했다. 낡은 마루를 사이에 두고 두 칸의 방이 마주한 초가집이었다. 집주인이 안내하고 내려가자 일행들은 짐을 풀고 저녁 준비를 위해 각자 일을 분담했는데 부족한 식재료를 사러 가게 된 임선과 해라가 슈퍼로 가기 위해 마당으로 나왔다.

임선이 나오던 중 허전해서 옷을 뒤져보니 휴대폰을 가지고 나오지 않은 것이다.

"나 휴대폰 안 가지고 나왔는데."

"그래? 나 먼저 화장실 갔다 와서 가져올게!"

마당에 임선을 세워두고 해라가 화장실로 뛰어갔다. 임선은 초저녁 옅은 어둠이 내린 마당에 홀로 서 있다. 산 내음을 맡으며 하늘로 머리를 들고 드문드문 내리는 눈을 편안한 얼굴로 맞이한다.

그때였다. 방에서 새어나오는 일행의 대화가 임선의 귓가를 스친다.

"그러니까 그날 엘리베이터를 타고 탈출한 사람 중에 해라도 포함되었다는 소문이 있다고?"

"그래."

"그리고 여고 때 해라가 반에서 1등 하던 임선이에게 봉사가 1등한다는 말을 하는 바람에 왕따가 됐다든데…."

"왕따의 원인이 해라가 한 한마디 때문이었다던데."

"쉿! 조용해 아직 두 사람 밖에 있어~"

임선은 앞이 하얘지고 손이 떨렸다. 가슴까지 답답해왔다.

화장실에 다녀온 해라가 임선에게 다가왔다.

"어두워지기 전에 빨리 갔다 오자~"

"…"

"임선아~!"

머리를 든 채 불러도 아무런 반응이 없던 자신을 해라가 흔들자 놀라는 임선.

"어! 왔어? 어서 가자."

아무렇지 않은 듯 임선은 발길을 재촉했다. 둘은 들어오는 길에 있던 마을 입구의 구멍가게로 향했다. 비포장 길을 지나 아스팔트 산복 도로에 들어선 두 사람은 인도와 차도의 구분이 모호한 길을 걷고 있었다. 올 때도 그랬지만 지나는 차 한 대 없이 한적한 도로이다.

민박집을 나올 때부터 임선의 심경을 알 리 없는 해라는 고등학교 졸업여행의 에피소드를 열심히 털어놓고 있었다. 짧은 대답으로 일관할 뿐 해라의 이야기가 임선은 귀에 들어올 리 없었고 머릿속은 좀 전에 들은 말로 온통 어지럽혀져 있었다. 정말 별관화재 때 있었는지. 여고 때 왕따의 계기가 된 그 말을 정말 했는지… 어떤 말부터 어떻게 시작해야 할지 온통 그런 생각들뿐이었다.

서로 딴 생각으로 걷고 있는 두 사람의 앞에 갈림길이 나타났다.

올라올 때는 인지하지 못했던 또 하나의 길이 내려오니 갈림길로 나타난 것이다.

"어디로 온 거지. 아~ 헷갈려. 조금만 내려가 봐야 알겠다.

선아! 금방 올게. 잠깐만 여기 서 있어!"

"알았어."

해라가 갈림길에 임선을 세워둔 채 오른쪽 길로 뛰어갔다.

고요한 숲속의 도로. 아직 불이 들어오지 않은 가로등 밑.

홀로 서 있는 임선은 다시 혼란에 빠져들었다. 세희가 한 말이라고 알고 있던 그 말이 해라가 한 말이라면. 처음부터 접근한 것이 그 말에 대한 죄책감 때문이었을까. 화장실을 홀로 다녀온 날 세희로부터 편을 들어준 것도. 이후 짝지를 자청해 활동보조까지 해준 것도. 여태 도와준 모든 것들이. 본의 아니게 나를 왕따시켜버린 것에 대한 속죄였다는 말인가. 엘리베이터를 타고 탈출까지 했다니… 그렇게 걱정하더니 결국 공연장에 못 가고 나를 기다리려 구 별관에 있었던 걸까. 아니 상대가 민규이고 최초이자 마지막 공연의 초대인데 그럴 리 없을 것이다.

아, 며칠 전 고백하려다 만 것이 이것이었을까.

아니. 헛소문이거나 잘못 들은 것일 수도 있다. 아아.

무엇이 진실이란 말인가.

한편 해라는 도로를 내려가고 있었다.

굽은 도로가 시야를 가리자 도로의 중앙으로 나가서 걷고 있는데 예상보다 많이 내려와서 갈림길에 세워둔 임선이 맘에 걸렸는지 휴대폰을 꺼내 임선에게 전화를 걸었다.

'앗. 휴대폰!.'

깜박하고 임선에게 휴대폰을 안 갖다 준 것을 깨닫고 휴대폰을 도로 주머니에 넣으려는 그때였다. 갑자기 나타난 승용차가 뒤늦게 해라를 발견하고 급히 외곽으로 피하려 했다.

끼이익~ 쾅~.

승용차의 옆에 부딪쳐 튕겨 나가는 해라. 갓길 난간을 뚫고 낭떠러지로 굴러버린 승용차. 한적했던 산복 도로의 고요가 깨지는 순간이었다. 잠깐의 기계음이 숲 속에 퍼지고 그 소리에 혼란에 빠졌던 임선도 정신이 번뜩 든다.

놀람도 잠시 불길한 소리에 찜찜한 기분을 떨칠 수가 없다.

'무슨 소리지?'

본능적으로 휴대폰을 꺼내려 주머니에 손을 넣지만 아뿔사! 혼란 틈에 생각 못 한 휴대폰.

"해라야~! 해라야~. 해라야~"

불러보지만 적막감뿐. 좀 전보다 굵은 눈만이 얼굴에 닿아 차갑게 녹는다. 다시 방금 소리를 곰곰이 생각건대 차량의 급제동 소리인 것 같다.

해라는 불러도 대답이 없고. 예측되는 것은 교통사고인데 아니길 바랄 뿐. 무엇 하나 낯설지 않은 것이 없는 도로에 휴대폰도 없이 홀로 섰는데. 그대로 서 있을 수만은 없는 상황이다. 소리가 난 쪽을 향해 한 발짝 한 발짝 옮기기 시작했다.

자신도 모르게 앓는 소리같이 해라를 반복해서 부르고 있었다.

몇 발짝도 못 가 넘어지고 다시 일어서지만, 또 뭔가에 걸려 넘어진다. 화재 당시 강의실에서 의자에 걸려 넘어지던 것이 떠오른다.

애써 침착하려 심호흡을 여러 번 하지만, 심장이 요동치는 것만 같다. 지팡이가 없는 임선은 바다 가운데 노를 잃은 배와 같았다.

손을 뻗어 허우적거리다 가로등을 잡았다. 가로등을 붙들고 숲 쪽으로 손을 뻗어 무언가를 잡으려 애쓰는데 아무것도 잡히지 않는다. 이번엔 땅바닥에 엎드려 낭떠러지일지 모를 외곽을 불안하게 훑으며 기어간다.

무언가 손에 걸렸다. 그것을 잡아당겨 도로 안으로 끌어 올리니 나뭇가지였다. 적당한 길이로 가지를 꺾어 쥐고는 지팡이 삼아 해라가 내려갔을 오른쪽 길로 향했다. 암흑이나 다름없는 도로를 나뭇가지로 갓길인 것만 확인하며 앞으로 한 걸음씩 나아가는데…

"해라야~ 해라야~."

불안불안 답답한 걸음에 목청 높여 해라를 부르며 걸음을 옮긴다. 한참을 내려온 것 같아 제자리에서 한숨을 돌리는데 소리가 난 곳에 도달했는지 아니면 지나쳤는지 알 수 없다.

아, 망망대해에 홀로 남겨진 기분이 이럴까?

다시 힘겹게 몇 걸음 옮기는데 지팡이 대신의 가지에 뭔가 걸렸다. 손으로 잡아보니 나무 재질의 난간이다. 휴~ 이보다 반가운 게 있을까 싶다.

그나마 안전한 길잡이가 생겼으니 정말 다행인 것이다. 난간이 길잡이가 된 걸음은 전보다 빨라졌고 임선은 계속해서 해라를 부르며 내려갔다. 바짝 마른 입술에 식은땀까지 온 신경을 세웠더니 어지러울 지경인데 한숨을 돌리려 걸음을 멈추고 힘껏 해라를 불렀다.

"해라야! 해라야~"

"…"

"근심을 털어놓고 다함께 차차차♬ 근심을 묻어놓고 다함께 차차차♩♪"

마치 임선의 부름에 대답이나 하듯 근처에서 노래가 들린다.

아니. 이건 해라의 휴대폰 벨 소리인데.

"해라야~ 해라야!"

"…"

역시 대답은 없고 벨 소리뿐이다.

이럴 때가 아니다. 벨 소리가 멈추기 전에 휴대폰을 찾아야 한다.

우측 6, 7미터. 그리 멀지 않은 곳인 것 같다.

급하게 내딛은 발이 눈길에 미끄러져 넘어진다.

쫘당~

아픔을 느낄 새 없이 그대로 벨 소리가 들리는 쪽으로 더듬어 기어간다.

점점 가까워 오는 벨 소리.

"새로운 바람이 불♪…."

아…. 벨 소리가 멈췄다.

임선의 동작도 함께 멈춰버렸다.

바닥에 얇게 덮힌 눈이 손바닥으로 녹아 시려온다. 땅바닥에 떨어진 휴대폰이라. 의심의 여지 없이 사고의 정황이 분명하다.

귀가 멍할 정도로 고요하고. 온몸으로 심장의 진동이 퍼진다.

"근심을 털어놓고 다 함께 차차차♪"

다시 울리는 벨 소리에 심장이 멎을 듯 놀란 임선. 바로 앞에서 울리는 것만 같은 벨 소리에 손을 이리저리 저어본다. 또 멈추기 전에 휴대폰을 찾아야 하는데. 조급함에 바닥을 더듬는 손동작이 점점 빨라졌다. 바로 옆에 아니 앞에 있는 것만 같은데 아무리 손을 저어도 잡히지 않는 휴대폰은 도대체 어디에 있는지….

"툭!"

언 손끝에 느껴지는 통증. 뭘까?

뭔가 손에 부딪혀 튕겨 나간 것이었다.

아…. 그러고 보니 벨 소리 소리가 멀어졌다. 손에 맞고 튕겨 나간 것이 휴대폰이었다니.

멀어진 벨 소리 방향으로 기어가 손을 휘젓는데 이내 곧 바닥이 끊긴 허공이다. 인도의 외곽, 난간 넘어 아래로 떨어진 것이다.

벨 소리로 짐작컨대 5미터 이상 되는 낭떠러지인 것 같다.

일어서기 위해 위로 난간을 잡으려는데 허공이다. 낭떠러지가 있는 곳이 난간의 끝일 리 없는데. 밑으로 좀더 기어 손을 좌우로 저으니 난간이 잡힌다. 난간을 쓰다듬으니 그 끝이 거친 것이 부서진 면인 것을 알 수 있다.

떨어져 나간 난간. 차량의 급정거 소리. 바닥의 휴대폰. 해라를 피하려던 차량이 난간으로 추락한 것임을 예측할 수 있다. 그토록 아니길 바랐는데. 숨소리가 가빠진다.

"해라야~ 해라야~."

난간을 부여잡고 낭떠러지를 향해 부르짖지만 아무런 답이 없다. 벨 소리도 멈췄다.

부르고 또 불러도 적막한 침묵이다.

아, 그러고 보니 해라가 꼭 낭떠러지로 떨어졌을 리 없었다.

휴대폰도 인도 위에 있지 않던가.

다시 뒤돌아서 해라를 부르는 임선.

"해… 해라야…. 해라야."

난간을 놓고 엎드려 땅바닥을 더듬는다. 휴대폰이 있었던 주위를 손으로 더듬으며 저으며 이리저리 해라를 찾아 헤매는데 좀 전보다 두꺼워진 눈이 손에 만져질 뿐이다. 미친 듯 땅바닥을 기어다니며 이게 아니지 싶다.

열감을 찾으면 될 것을 다급한 나머지 생각 없이 더듬고만 있는 것이었다.

마음을 가다듬어 손을 펴 집중하려는데… 마비된 듯 언 손에 아무런 감각이 없는 것 같다. 언 손에 입김을 불어보지만, 열감을 감지할 정도로 녹이기엔 급박하고 무모한 짓이다.

어쩔 수 없다. 다시 땅바닥을 더듬을 수밖에.

임선은 온몸으로 언 손을 녹이고 바닥 더듬기를 수없이 반복하며 주변을 이리저리 헤치고 다녔다. 한참을 그렇게 주변을 훑었건만 도저히 찾을 수가 없다. 정녕 차량과 함께 낭떠러지로 추락한 걸까.

생각만 해도 아찔하다. 침착하자. 도저히 진정이 되지 않는다.

해라는 한시가 급한 위기 상황일 수도 있다.

이제 선택의 여지가 없다. 도로로 우회해서 낭떠러지 아래로 가는 수밖에 없는 것이다. 적어도 휴대폰은 있을 테니… 어떻게든 내려가야 한다. 난간을 찾아 잡는데 손에 감각이 없다.

손으로 툭툭 쳐서 소리로 인지한다. 난간에 기대어 입김을 불고 팔짱을 껴 겨드랑이에 손을 넣고 녹인다. 그리고 마지막으로 낭떠러지 아래를 향해 힘껏 해라를 불러본다.

"해랴야~. 해라야~. 해라야~."

역시 조용하다…. 이제 정말 선택의 여지는 없었다. 감각이 조금 돌아온 녹인 손으로 난간을 잡고 도로 아래로 조심스럽게 발걸음을 옮기는데, 어느새 미끈거릴 정도로 깔린 눈에 두 손은 난간을 잡고 바닥에서 발을 떼지 못하고 미끄러지듯 이동한다.

하나. 둘… 셋.

걸음 수를 세어가며 내려가는 임선. 난간이 끝나는 곳에서 대략 추락지점을 파악하기 위한 것이었다.

서른 하나. 서른 둘….

빠른 적응력은 남다른 능력인 것일까. 미끄러지듯 이동하더니 자연스러운 걸음이 되어있었다.

구십 다섯…. 구십 여섯.

"근심을 털어놓고 다 함께 차차차♩♪."

멀리 낭떠러지 어딘가 또다시 울리는 벨 소리. 구해달라, 살려달라 외치는 것만 같다. 조금만 기다리길. 마음을 진정하려 해도 걸음이 빨라지는 것은 어쩔 수 없다.

백 다섯. 백 여섯. 백 일곱.

그리고 백 여덟 번째 발을 내딛고 난간을 잡는 순간이었다.

아뿔사! 방심했다. 잡히는 것이 없다.

난간은 거기까지였고, 몸은 이미 외곽으로 중심을 잃었다.

"아악!"

임선이 짧은 비명과 함께 낭떠러지로 추락했다. 어둠은 짙어지고 가로등 불빛은 더욱 밝아졌다. 임선마저 사라진 숲의 도로는 더욱 적막했다. 눈으로 살짝 덮힌 도로는 좀 전의 상황을 말해 주고 있었다. 위로부터 내려온 인도의 발자국. 발자국을 거슬러 오르면 떨어져 나간 난간. 난간 아래 낭떠러지로 향한 스키드 마크.

그리고 희끗희끗한 바닥에 무수히 많은 손과 무릎자국들. 어느

행위예술가의 작품인 것만 같다. 작품명을 지으라면 '절규'가 어울릴 것이다. 임선의 간절함이 고스란히 묻어나는 절규.

하지만 눈에 보이는 그대로라면 해라의 절규이다. 왜냐면 작품의 테두리에 절묘하게 해라의 손이 걸려 있기 때문이다. 해라는 엎드려 쓰러진 채 왼팔을 머리 위로 쭉 뻗고 있었다. 그리고 촘촘히 난 임선의 손자국이 해라의 손등을 지났던 것이다. 언 손이 감지하지 못했을 뿐.

다시 들어온 빛의 세상

.

.

.

더욱 굵어져 함박눈으로 내린다. 마른 잎에 눈 닿는 소리. 눈 위에 눈 닿는 소리. 스르륵. 스르륵. 스르륵. 가로등 불빛마저 내리는 눈에 가려 희미해졌다. 그리고 멀리 눈 속을 헤치고 앰블런스 소리가 퍼지고 있었다.

얼마나 시간이 흘렀을까. 온몸에 전해지는 한기에 깨어났다.

어디에 부딪혔는지 눈 주위의 통증에 미간이 찌푸려지고 뭔가 몸을 짓누르는 듯 중량감도 느껴진다. 몸을 일으키자 언제 내렸는지 몸을 누르고 있던 눈이 우수수 떨어진다. 눈을 털어내자 뼛속까지 스며드는 듯한 추위에 현기증이 날 지경이다. 근방의 물 흐르는 소리에서 계곡이 가까이 있다는 것을 알 수 있었다.

주변은 칠흑 같은 어둠이 깔렸고 위로부터 새어 나온 빛의 기운을 쫓아 오르기 시작했다. 언덕같이 가파른 눈길을 올라섰는데 몸에 열기가 생겨 한기가 사라지고 눈 닿는 소리까지 크게 들리는 숲의 고요함에 귀가 먹먹하다. 그리고 완만한 오르막길 위로 불 켜진 가로등. 그 빛에 흐리게 드러난 숲길은 눈에 덮여 차도와 인도가 구분이 없다. 숲길을 안내하는 것은 난간뿐이고 멈췄던 발길을 난간에 의지해 가로등 쪽으로 옮기는데….

"뽀드득! 뽀드득!"

푹푹 빠지는 눈 밟는 소리가 숲의 침묵을 깨고, 숲길은 가로등이 가까워질수록 밝아지고 있었다. 뽀드득~ 싱그럽게 들리는 눈 밟는 소리에 즐거워하며 걷는데….

"픽!"

헉! 놀라라~.

눈 밟는 소리를 훨씬 능가하는 폭음 같은 소리는 나뭇가지에 있던 눈 뭉치가 가로등 밑에 떨어지며 난 것이다. 놀란 가슴을 진정하고 보니 바닥의 눈 뭉치가 어릴 적 엄마를 도와 빵을 만들었을 때 밀가루에 던졌던 반죽 같기도 하다.

그리고 가로등 아래 간간이 내리는 눈이 예쁘다. 빵 반죽 같은 눈 뭉치. 가로등 아래 내리는 눈. 그런 광경을 누군가 보고 있다.

누구? 나! 내가 보고 있는 것인가? 여기까지 올라오는 동안 보이는 것을 당연하게 여긴 것이 기가 막힌다. 꿈이라면 깨어나지 않았으면 좋겠다. 그런데 왜 이렇게 실제 같은가. 헉! 정말 내가 눈을 뜬 것인가!

아무리 눈을 비비고 볼을 꼬집어도 꿈이 아니다!

아~ 이런 기적이. 하늘이 나의 소원을 들어준 건가. 아니면 이제야 줄기세포가 살아났나. 약 효능이 나타나는 것일까. 또 아니면 추락의 충격이 눈을 뜨게 한 건가. 눈을 뜨기 위해 얼마나 많은 일을 했던가. 앞을 보게 된 원인을 찾는 것은 무모한 짓일 거다.

다시 손을 펴서 보고 가로등을 보고 볼을 꼬집고 눈을 비벼 다시 보지만 꿈도 아니고 보이는 것이 분명했다. 정말 기적이 일어난 것이다.

"야호~!"

임선은 발목까지 오는 눈길을 뛰어다니며 기뻐 어쩔 줄 몰랐다.

한참 기쁨을 만끽하다. 가로등 밑 눈밭에 쓰러져 누운 임선.

하~ 입김이 보인다. 눈에 눈이 떨어지네. 호호 하~.

이모가 얼마나 좋아할까. 우후~.

아! 해라! 이런 깜박 잊고 있었다. 해라를 찾아야 한다.

벌떡 일어나 눈 덮인 도로를 급히 올라간다. 얼마 오르지 않아 나타난 모퉁이를 돌아서는데 맞은편 떨어져 나간 난간이 나타난다.

눈은 난간을 제외하고 모든 걸 덮어버린 것 같다. 사고의 어떤 흔적도 사라졌다. 난간으로 다가서니 아래 낭떠러지는 6미터는 되어 보이고 예상과 달리 급경사는 아니다. 미끄러져 내려가 가로등 불빛이 닿는 곳을 살피는데 작은 휴대폰은 눈에 덮여서 찾지 못하겠지만, 덩치 큰 사고 차량은 어디로 갔단 말인가.

다시 올라와 떨어져 나간 난간 앞에 섰다. 정말 아무 흔적없이 모두 하얗게 덮어 버렸다. 발로 눈을 휘휘 저어보지만, 눈의 두께에 소용없다. 추락했을 차량까지 사라진 걸 보면 깨어나기 전 사고 수습이 이루어졌다고 추측할 수밖에 없다. 저 아래의 나는 발견하지 못했을 테고. 그렇다면 이제 일행이 머문 민박집을 찾는 길뿐.

해라와 내려왔을 길을 찾아 올라가보는데. 도무지 하나같이 생소한 곳이다. 발길 닿는 대로 가다 보니 갈림길을 지나 좁은 샛길이 나온다. 샛길로 얼마 가지 않아 깜깜한 산에 막힌다. 다시 산복도로를 나와 다른 샛길로 가보길 여러 번. 민박집은커녕 가로등이 없는 도로를 벗어나면 온통 암흑이고 쌓인 눈에 푹푹 빠지는 발걸음에 지칠 뿐이다. 헤매다 밤이 더 깊어지기 전에 마을로 내려가는 것이 좋을 것 같다.

그리고 사고현장을 봤듯이 이미 안전한 곳으로 옮겨졌을 것이라 생각하니 마음이 놓인다. 당장 일행들을 찾아야 할 이유가 없는 것이다. 한결 가벼워진 발걸음을 돌리는데. 해라와 민박집을 정신없이 찾느라 눈을 뜬 기쁨도 잊었던 것 같다. 도로의 중앙으로 나와 사뿐히 한발 한발 발걸음을 옮겨 본다.

"뽀드득뽀드득."

아, 정말~ 눈 밟는 소리가 싱그럽다.

뒤돌아 하얀 눈 위의 깊은 발자국을 보니 절로 웃음이 난다.

어린아이처럼 호기심 가득한 눈빛으로 두리번거리던 임선은 뒤늦게 기쁨을 만끽하는데 눈을 뭉쳐 숲으로 힘껏 던져보고 눈길을 이리저리 뛰어다녀 보기도 하다가 가로등 밑 눈 위에 드러누웠다.

하~ 입김에 놀란 눈송이가 비켜 내린다.

하~ 안개처럼 입김이 하늘로 사라진다.

가로등 불빛에 내려오는 눈송이가 모두 눈 속으로 들어오는 것 같다. 정말 앞을 보게 된 것이다. 하나하나 뚜렷이 보이는 것이 이제 실감이 난다. 해맞이 때처럼 하늘을 향해 손바닥을 펼쳐 눈의 촉감을 느끼는데 순간 스치는 생각이 있었다.

아! 벼루바위! 눈을 뜨게 된 것은 벼루바위 덕분이라는 확신이 들었다.

맞아~. 벼루바위의 소원이 이루어진 것이었어.

그렇다면 해라와 민규의 사랑도 이루어지겠는걸~. 헐~.

그랬다. 벼루바위에서 임선은 자신이 앞을 보게 해달라는 것과 해라의 짝사랑이 이루어지게 해달라는 소원을 빌었던 것이다. 다시 일어선 임선이 숲길의 중앙에 섰다. 상상하던 세상이 가장 아름다울 것이라 여겼는데 그 이상이다.

이보다 아름다울 순 없었다.

귀가 먹먹한 고요함.

서로 엇갈리게 마주 서 숲을 밝히는 가로등.

가로등의 조명에 하얗게 노랗게 눈꽃을 피운 가로수들.

눈길 위에는 그려놓은 듯 가로수의 그림자.

그리고 어지럽힌 하얀 숲길을 새 단장하듯 내리는 눈.

뽀드득~ 뽀드득~.

다시 들어온 빛의 세상

마을로 내려가는 숲길은 동화 속을 걷는 것만 같다.

어느덧 멀리 전등을 밝힌 초가집들이 하나둘 눈에 들어온다.

뽀득뽀득.

내려올수록 쌓인 눈이 얕아져 발목까지 빠지던 눈이 발자국만 새겨진다. 마을은 산만큼 눈이 많이 오지 않았던 것이다. 마을을 가로질러 버스정류장으로 향하는데 입구에 다다르자 전등 빛 아래 벼루바위의 푯말이 눈에 들어온다. 가까이 다가가 푯말을 읽어보니 종민의 말대로 손을 담가도 먹물이 묻지 않으면 소원이 이루어진다고 기록되어있다. 벼루바위를 뒤로하고 돌아서려다 문득… 정말 내 손에만 먹물이 손에 묻지 않았는지 확인하고 싶어졌다.

소원을 빌어야 하는데 이제 무엇을 빌어야 하지?

맞다! 지금 눈을 뜬 것이 꿈이 아니게 해달라 빌면 되겠네. 후후~.

소원을 빈 임선이 주머니의 손을 빼서 먹물에 담그는데.

으윽, 차가워.

온몸으로 냉기가 전해진다. 손을 휘휘 저으니 침전물이 일어 먹물처럼 까맣게 되었다. 담갔던 손을 천천히 들어 올려 전등 빛에 비춰보는데.

헐~.

까만 장갑을 낀 것처럼 시커멓게 된 손을 보니 헛웃음이 나온다.

조금 예상을 했던 것이라 그다지 실망스럽진 않다. 그런데 해라까지 속였다는 것에 씁쓸한 기분이 드는 것은 어쩔 수 없나 보다. 그리고 잠깐이었지만 벼루바위의 소원이 이루어졌다고 믿은 것이 한심스럽다.

그때 마을 안으로부터 승용차가 한 대 나온다.

"학생! 거기서 뭐 해? 그러고 보니 앞 못 보는 학생이라고 했던 것 같은데."

귀에 익은 목소리. 마을을 들어올 때 이곳 벼루바위에서 먹이 묻지 않은 손에 감탄하던 그 할아버지였다.

"아네! 이제 눈이, 아니… 치… 친구가 화장실에 갔어요."

본능적으로 눈이 보이는 사실을 말하려다 말을 돌려 숨긴 것이다.

왠지 그렇게 해야 할 것 같은 직감이 들어서다.

"버스가 없을 텐데. 이렇게 늦게 어디 가려고?"

"네. 늦게 오는 친구가 있어서 터미널에 마중 나가는 건데. 버스가 없다니. 태워 주실 수 있어요?"

"거기로 지나긴 하는데 우린 지금 바로 가야 혀~."

"아! 네. 저 혼자만 태워주세요. 화장실 간 친구에겐 전화해주면 되거든요. 친구들이 터미널에 도착할 시간이 넘어서요."

"응. 그랴. 어서 타~ 아차! 앞을 못 보지 잠깐 기다려!"

보조석에서 할머니가 내리더니 뒷좌석의 문을 열어 임선을 앉혔다.

"할머니가 계셨네요."

임선은 보이지 않는 척 능청스러웠다.

임선이 탄 노부부의 승용차는 마을을 빠져나와 어두운 들녘을 달리고 있었다. 자식들의 얘기에 여념이 없는 노부부가 숲 도로의 사고에 대해 묻지 않는 걸 보니 모르는 것 같았다.

지금 상황에 굳이 그것을 물을 필요는 없었다. 무엇보다 이모에게 전화해서 앞을 볼 수 있게 된 것을 빨리 알리고 싶다. 그리고 해라에게 전화를 해야 하니.

"저. 휴대폰 있으면 좀 빌려주실 수 있어요?"

"휴대폰. 우린 밭일할 때나 들고 다니지. 그거 안 가지고 다녀~. 화장실 간 친구에게 전화하려고?"

"아. 네."

"좀만 기다려 터미널까지 금방 가니까 거기서 전화해."

"네. 알겠습니다. 그리고 할아버지!"

임선은 아까부터 기회를 보던 질문을 하려 했다.

"어! 왜?"

"저. 낮에 벼루바위에서 정말 제 손만 깨끗했어요?"

그것은 앞을 보게 된 사실을 숨기면서까지 하고자 했던 질문이었다. 질문과 함께 할아버지의 표정을 관찰하는 임선. 할아버지는 잠깐 멈칫하는가 싶더니 말문을 열었다.

"응. 그랬지. 너만 깨끗했어. 그런 건 처음 봐."

"조금 전에도 기다리면서 벼루바위에 손을 넣어 봤는데 깨끗한지

봐주세요"

껌정이 묻어있는 오른손을 내밀어 보여 주는 임선. 할아버지가 당황하는 눈치였다.

"어. 깨끗하네. 넌 특별해. 그런 경우 없어. 소원 이루지겠는걸."

할아버진 말이 끝나게 무섭게 입에다 집게손가락을 입에 대며 할머니에게 모른 척하라는 신호를 주고 있었다. 괜한 짓을 한 거 같다. 속임으로 볼 수 있는 것 역시 거짓인 것이다. 이러한데 벼루바위의 소원이 이루어졌다고 생각한 것이 다시 스스로 민망할 뿐이다.

마을을 나와 읍내로 나오자 간간이 내리던 눈도 빗방울로 바뀌어 차창으로 흘러내렸다. 노부부의 승용차가 터미널에 임선을 내려주고 빠져나갔다. 부슬부슬 비가 내리는 터미널. 온통 하얀 눈밭이던 숲길에 누웠던 것이 조금 전인 것 같은데 지금 눈앞의 비 내리는 터미널이라니. 전혀 다른 날씨로 마치 타임머신을 타고 다른 세상으로 이동한 느낌이다. 그래! 일단 전화부터 해야 한다. 터미널 한쪽 구석에 있는 공중전화부스로 들어가는데.

수화기를 들어 번호 버튼을 누르다 멈춰버렸다. 전화로 알릴 일이 아니란 생각이 든다. 얼마나 기뻐할까. 누구보다 기뻐할 이모를 생각하니 그 모습이 직접 보고 싶어졌다.

어차피 집으로 가는 길. 곧 만나게 될 텐데.

아! 그보다 급한 전화는 이모가 아니라 해라다.

급히 전화번호를 누르는데. 뚜~ 잉~ 신호가 가지 않는다. 다시 3번을 누르는데 뚜~.

아무런 소리도 없다. 뭐지? 하아! 단축번호구나.

휴대폰의 단축키 사용으로 전화번호는 모르고 있었던 것이다.

맞다. 이모에게 눈뜬 사실은 말하지 말고 해라의 전화번호만 물어보면 되는 것을. 다시 버튼을 누르는데 1. 헉. 역시 단축키만 알고 있는 것은 마찬가지. 그러고 보니 아는 전화번호는 없고 단축키만 알고 있었네. 헐~ 어이없다. 어쩔 수 없이 집으로 가는 수밖에…. 임선은 수화기를 내려놓고 화장실로 가 검정 묻은 손을 씻고 나왔다.

늦은 시간 터미널의 광경이 눈에 들어온다. 노숙자인 듯 한쪽 구석엔 신문지를 덮고 누운 사람, 어디서 흘러들어오는지 담배 찌든 냄새, 술에 취해 횡설수설하며 벤치에 앉아 있는 남자. 미간이 찌푸려진다. 좀 전의 아름답기만 하던 숲길의 세상과 너무 대조된다.

임선이 빨리 벗어나고 싶은 생각에 버스표를 사서 승강장 앞에 섰는데 마침 버스가 들어왔다.

곧 정차했던 버스가 출발하고 임선은 창가에 앉았다.

유리창에 흘러내리는 빗물이 뚜렷이 보인다. 아직 볼 수 있다는 것이 믿기지 않는다. 보이는 것이 신기해 빗물 하나하나를 세는 동안 버스는 시내를 달리고 있다.

차창 넘어 10여 년 만의 세상이 눈에 들어왔다.

수많은 불빛으로 형형색색 드러난 세상은 더욱 화려해진 것 같다.

눈을 뜬 걸 알면 이모가 얼마나 좋아할까. 생각만으로 벅차고 빨리 이모에게 달려가고픈 마음뿐이다. 그새 정류소에 정차한 버스.

버스가 지나간 자리에 임선은 내리는 비를 맞으며 서 있었다.

길 건너편 건물의 벽에 큰 간판의 글씨가 눈에 들어온다. 새 소망 병원. 귀에 익숙한 이름. 얼마 전까지도 약을 타러 갔던 곳이고 줄기세포 치료를 받았던 병원이다. 생각보다 큰 병원에 반갑기도 하고 감회가 새롭다. 무엇보다 빨리 집으로 가야 한다. 병원에서 그리 멀지 않았던 기억을 더듬어 집으로 향했다. 편의점, 약국, 잡화점. 수도 없이 지나쳤을 거리가 왠지 낯설게 느껴진다.

그저 귀에 익은 이름이 눈에 띄니 그 이름들을 따라갈 뿐이다.

그렇게 익숙한 이름들에 이끌려 걷다 보니 대로변이 나타난다.

쭉 뻗은 도로에 양쪽에는 키 큰 가로수들. 저 가로수가 이팝나무이든가. 매일 오가던 곳이라 그런지 조금 낯설음이 사라졌다. 신기한 듯 가로수를 하나하나 쓰다듬으며 걷기도 한다. 횡단보도를 지나고 오르막길을 올랐다. 이모를 생각하자 걸음이 빨라졌다.

앗! 조급한 마음에 까맣게 잊고 과일 집이 있는 길로 가고 있는 것이 아닌가. 부슬부슬 비도 오고 늦은 시간이고 개가 없을 가능성이 많으니 그냥 가도 될 것 같다. 개가 없을 거라 확신하며 모퉁이를 돌아 과일 집 방향으로 몸을 트는데, 정확히 앉아 있는 개와 눈이 마주쳤다.

그런데 그냥 쳐다볼 뿐 짖지 않고 그대로 있는 개.

과일 집 앞이 아니라 맞은편 전봇대 앞에 비를 맞으며 앉아 있는데 주인이 비가 오는 줄 모르는지… 암튼 평소 같으면 보자마자 시끄럽게 짖었을 텐데. 뭔가 이상하다. 과연 개 앞으로 지나가도 얌전히 있을까. 돌아가야 할지 이대로 직진해야 할지.

아, 갈등되지만 느낌으로 개가 왠지 짖지 않을 것 같다.

비도 오는데 빨리 가야 하니 이대로 직진하고 보는 거다. 짖으면 그때 잽싸게 도망가면 되니까.

자극하지 않게 천천히 아주 천천히, 한 걸음씩 전진하는데 개는 그대로 있고 가까워질수록 심장박동이 커지는 것은 어쩌지 못하겠다. 앉아서 보고만 있는 개를 경계하며 계속 앞으로 나아갔다.

거의 다 온 과일 집. 그 맞은편 개가 묶인 전봇대. 가까이서 보니 상상했던 것처럼 사나운 모습이 아니라 오히려 온순하게 생겨서 의외다. 과일 집으로 바짝 붙어 지나던 그때였다.

가만히 앉아 보기만 하던 개가 갑자기 일어나 다가오는 것이 아닌가. 너무 갑작스러운 일이라 도망갈 겨를 없이 놀라서 그대로 얼어 버렸다. 다가오다 목줄이 당겨 더 이상 못 오고 멈춰버린 개.

바로 눈앞에서 짖지 않고 조용히 보고 서있다.

전봇대의 수은등에 비친 개의 애절한 눈빛. 꼬리까지 흔드는데 극에 달했던 긴장이 가라앉는다. 그러고 보니 하얀 털에 꼬리를 흔들며 애절한 눈빛을 보내는 모습이 낯설지가 않다. 순간 친근한 느낌에 이끌려 손을 뻗어 개를 만지려 하는데 입을 벌려 혀로 손을 핥아 버리는 것이었다. 순간 온몸에 전율이 일었고 임선은 자신도 모르게 튀어나온 이름을 불렀다.

"백구야."

임선이 초등학교 입학 때던가. 아빠가 데리고 온 하얀 개를 기른 적이 있었다. 백구라 불렀고 2학년 때까지 귀찮게 붙어 다니던 백구가 어느 날 집을 나가 돌아오지 않았다. 그 후로 학교에서 파하면 곧장 집으로 와 매일 늦게까지 백구를 기다리던 때가 있었는데 다시 볼 수 없었던 그 백구가 지금 눈앞에 있는 것만 같다. 안아 달라던 백구의 몸짓을 하고 있는 개 앞에서 모든 긴장이 풀어진 임선이 안아주려 한 발짝 더 다가가려 할 때였다.

"야, 꼴통! 들어가!"

과일 집에서 나온 개 주인이었다. 고압적인 말에 개는 주눅이 들었는지 동작을 멈춘 채 '끄응' 소리 내고 있다가 주인이 목줄을 풀자 즉시 가게로 들어가버렸다.

비 오는데 전봇대에 묶어 둔 것과 개를 대하는 주인의 태도가 무관치 않아 보인다. 뿐만 아니라 개가 떠난 자리를 봐도 개의 처지를 알 수 있을 것 같다. 찌그러진 밥그릇에, 그 주변에 흩어져 있는 생선 뼈, 파리들. 가게 앞의 물건을 정리하며 험악한 인상에 혼잣말로 욕을 하는 아저씨.

주인을 보니 무섭던 개가 이제 측은하게 여겨진다. 어쩌랴. 안타

깝지만 다시 집으로 걸음을 옮기는데.

'꽝!'

놀라 돌아보니 폭발음처럼 터진 소리는 셔터를 내리는 소리였다. 얼마 전 임선 일로 이모가 항의한 것에 대한 감정이 묻어있는 행동인 것 같다. 그렇게 과일 집을 지나 마침내 익숙한 그곳, 미로의 골목 앞에 섰다. 비포장의 땅바닥, 침식되어 움푹 파인 벽, 유치한 낙서들, 모퉁이의 수은등, 수없이 오고 갔을 골목. 직접 눈으로 보니 감회가 새롭고 정겨운 느낌이다.

추억을 되새기듯 하나하나 둘러보며 걷는데 감상에 젖어 걷는 샛길이 막혔다. 뒤돌아 집을 찾지만, 또 막다른 길로 빠졌다. 다시 골목으로 들어와 확신하고 간 길이 또 막혀있다. 그렇게 확신했는데 왔던 길을 반복해서 지나고 있으니 기가 찰 노릇이다. 늦은 시간이라 다니는 사람은 없고 혼자서 도무지 출구를 알 수 없는 미로에 갇혀 버린 것 같다. 눈을 뜨기 전에 지팡이 없이도 갈 수 있었던 미로의 골목이 아니던가.

아, 그렇다. 그럼 눈을 감으면 될 것을.

앞을 보지 못하던 그때처럼 눈을 감았다. 그리고 벽면을 더듬고 땅바닥을 발로 훔치나… 이럴 수가. 현재의 위치를 알 것 같다. 집과의 거리는 불과 15걸음. 그대로 눈을 감고 손이 안내하는 대로 발이 닿는 대로 걸어가는데.

벽의 홈, 구멍 땅바닥의 돌부리가 모두 보이는 것 같다. 발걸음이 멈춘 곳에서 눈을 뜨니 전등 아래 그토록 찾던 우리 집 파란 대문이 서 있다. 헐~ 헛웃음만 나온다.

헤맨 덕에 시간이 더욱 지났다. 조용히 대문을 여니 마당 넘어 이모의 방 안에서 흐린 불빛이 움직인다. TV를 보시는 것일 거다.

앞을 보게 된 사실을 이모가 알게 되면 얼마나 기뻐하실까.

아, 얼마나 기다렸던가. 감정이 북받친다.

천천히 마당을 지나 이모의 방으로 걸어간다. 문앞에서 마음을 진정시키며 살며시 방문을 여는데…. 켜져있는 TV로 등을 돌린 채 누워 있는 이모는 아마 그대로 잠이 든 듯하다.

외롭게 누운 모습. 이모의 고단함이 느껴지는 어깨.

아. 나의 눈을 뜨게 하려 얼마나 많은 고생을 하셨던가. 마음이 저린다.

이모를 깨우려 조용히 곁으로 다가가는데 한 번도 보지 못한 이모의 얼굴이 TV 조명에 드러났다. 보지 못했어도 늘 같이 있던 이모라 그런지 낯설지가 않다. 뒤척이며 자세를 바꾼 이모의 얼굴이 온전히 드러났다.

'헉!' 분명 처음 보는 얼굴이 아니다. 오싹해지는 이 기분 뭘까.

방의 전등을 켜고 다시 이모의 모습을 확인하는데 이게 누구인가! 머리카락이 쭈뼛 선다. 이마에 난 큰 흉터 외엔 그녀는 10년 전 사고 차량의 운전자이자 영락없이 엄마 친구의 모습이었다.

소름이 돋는다. 그야말로 멘붕이다. 온몸이 떨려온다. 깨어날까

조마조마하며 다시 방을 나가려다 이불 밑으로 삐져나온 발을 보고 멈췄다. 발등의 커다란 흉터를 발견한 것이다. 의심의 여지가 없었다. 집을 빠져나와 비 오는 거리를 미친 듯이 걷기만 했다.

어디를 지나는지 어디로 가는지 모르고 그저 걷는 것이다.

생각을 지우려 아무리 걸어도 하나하나 실마리가 피어오른다.

그럼 그렇지 얼굴도 본 적 없는 조카를 갑자기 찾아와 그런 지극정성을 쏟을 리 없지 뭔가 이상했다. 그랬구나. 이제 생각해보니 수녀도 아니었고. 10년 동안 그토록 나에게 지극정성이었던 것은 우리 가족에 대한 죗값이었단 말인가.

다리를 절뚝거린 것도 당시 사고의 후유증이리라.

이마의 흉터도…. 모든 의혹이 퍼즐처럼 맞춰진다. 분노가 치민다. 비우려 걸어도 쌓여만 가는 의혹, 증오심, 온몸으로 빗물이 흘러내린다. 빗물에 다 씻겨 내렸으면 좋으련만. 그저 집으로부터 멀리멀리 벗어나고 싶다. 아아, 그리고 눈을 뜨는 것이 아니었다.

차라리 눈을 뜨지 않았더라면. 지금의 이 상황이 꿈이라면.

얼마나 걸었을까. 지친 몸이 멈춘 곳은 성당 앞이었다.

겨우 성당이라니. 차라리! 잘 온 것이다. 이 상황을 신에게라도 따져 보아야겠다. 그토록 간절한 기도의 결과가 이런 것이라니.

성당 문을 거칠게 열어젖히자 불빛에 희미하게 드러난 성모 마리아상이 눈에 들어온다. 가까이 다가가 의자에 풀썩 주저앉아 두손을 모았다.

"어떻게 저에게 이런 시련을 주십니까. 제게 보여 주고자 한 것이 이런 절망이었습니까. 차라리 눈을 뜨지 말게 하지 그랬습니까. 이것이 시험이라면 멈춰주십시오."

우는 건지 기도를 하는 건지. 성당 안은 임선의 울먹임으로 채워졌다. 항의 같은 기도가 한참 동안 계속되더니 한동안 침묵이 흘렀다.

끼익~.

제대로 안 닫힌 문이 바람에 열리는 소리였다. 깜박 잠이 들었나 보다. 고개를 돌려 성당 입구를 보는데 열려 있는 성당 문 사이로 하늘의 별들이 눈에 들어온다. 아아, 차라리 꿈이었으면 좋았을 것을. 눈을 뜬 것과 이모의 실체. 꿈이 아닌 것이다.

뚜벅뚜벅 걸어 성당 밖으로 나간 임선.

고개 들어 하늘을 보는데 길 잃은 배처럼 북극성을 뚫어져라 본다. 어디로 가야 하나. 아, 해맞이. 그래, 해맞이다.

기도의 답인 것 같기도 하고 선택의 여지도 없다. 곧장 내려가 택시를 잡아타고 동해로 향하는데. 총알택시였던가 순식간에 날아온 갈대숲 앞의 공터. 아직 별들이 총총한 하늘.

달빛 아래 갈대숲을 헤치고 나온 언덕의 바다. 그 끝에는 작은 바위 두 개가 시커멓게 서 있고 바다는 수평선에 여명을 드리운 채 아직 검게 자고 있었다. 바위로 다가가 앉은 임선.

늘 그랬던 것처럼 지갑에서 태양광멜로디카드를 꺼내 바위에 올려두고 해를 맞을 준비를 한다.

아, 얼마 만에 눈으로 보는 해맞이던가. 이 순간만은 어떤 생각도 하고 싶지 않다. 10년 전으로 돌아가 그저 해맞이를 하고 싶을 뿐이다.

무릎에 엎드려 해가 뜨길 기다리는데. 잠시 잊었던 이모. 아니 그 아줌마의 모습이 다시 떠오른다.

왜 그랬을까. 그래야만 했을까. 눈을 뜨면 자신의 실체가 발각될 텐데 왜 그토록 눈을 뜨게 하려 했을까. 혹시 그렇게 해서 눈을 뜨면 내가 용서해 줄 거라 생각했던 것일까. 이해 못 했던 넘치는 애정이 죗값이었다니. 정말 가증스럽다. 그렇게 용서를 받으려 했다니. 아, 열받는다.

다시 가슴은 그녀에 대한 증오심을 채워갔다. 그때였다. 누군가 팔을 흔들며 부른다. 고개를 들어 보니 어느새 날이 밝아 있다.

"선아! 혹시나 했더니 정말 여기 있었네. 어떻게 왔어?"

여자의 목소리에 옆을 보니 누군가 서 있다. 일어나 그녀와 마주 섰는데. 낯선 얼굴의 처음 보는 여자다. 긴 머리에. 파란 나비머리핀. 내 또래쯤 되어 보이는 얼굴. 늘 듣던 친숙한 목소리. 직감으로 알았다. 해라였다.

시력을 잃은 후 해라를 만났으니 그녀의 얼굴을 처음 보는 것이다.

갑작스러운 해라의 등장에 말문이 막힌다. 당황한 나머지 멍하니 보고 있는데. 해라가 다시 묻는다.

"꼭 보이는 사람처럼 보냐. 여긴 어떻게 왔니? "

"웅! 그래. 너야말로 어떻게 여기에. 내가 묻고 싶은 건데."

"야! 해가 곧 나오겠다. 일단 해부터 맞자."

"어."

임선은 앞을 보게 된 사실을 말하지 않았다. 이모마저 믿을 수 없게 된 지금 누구도 검정에서 예외일 수 없었다. 바위에 앉은 두 사람. 앉자마자 임선은 곁눈으로 그녀의 파란 머리핀을 보고 있었다.

버스휴게소에서 나에게 양보한 노란색 잠자리 머리핀이라.

보이는 사실을 모르니 이제 그녀의 실체를 확인하는 일만 남았다.

나란히 수평선을 보는데. 임선은 놀라지 않을 수 없었다.

이럴 수가. 달과 별은 사라졌고 구름에 가린 수평선 하늘에 겨우 붉은 빛이 감돈다. 조금 전에 없던 바람도 분다. 그런데…

"우와~ 하늘과 바다가 환상적으로 물들었어."

해라가 감탄사를 연발한다. 임선은 황당해서 기가 찼다.

역시 보이는 사실을 숨기니 해라의 본모습을 볼 수 있게 되는구나.

임선은 보다 확실한 실체를 보고 싶었다.

"오랜만에 너의 나레이션을 듣고 싶은데 해줄래?"

"알았어. 으… 음~. 구름 한 점 없이 맑은 하늘에. 수평선은 하늘과 바다가 구별이 안 될 정도로 붉게 달아올랐고. 바위섬 주변에는 갈매기떼가 날고, 곳곳에 떠 있는 어선들.

산과는 또 다른 아름다운 경치. 정말 기가 막힌다~."

귀를 의심해야 하나 정말 어이가 없어 말도 안 나온다. 눈을 씻고 봐도 잔뜩 흐린 하늘에 거친 파도뿐인 바다를 어떻게 뻔뻔하게 저리 묘사할 수가 있을까. 해라까지 어떻게 나에게 이럴 수가 있단 말인가. 그렇다! 벼루바위에서 일행과 함께 속이지 않았던가. 그뿐 아닐 거다. 일상이 거짓투성이였을 거다. 이모만이 아니었다. 해라까지. 여태의 거짓 세상에서 살았던 것이다. 하~ 무엇으로 이 참담함을 표현할 수 있을까. 보고 또 봐도 구름에 가린 하늘이다.

해라의 뻔뻔한 거짓 나레이션은 계속되고 있었다.

"이제 막 수평선의 경계를 허물며 해가."

"그만! 그만~! 그만하란 말야!"

도저히 들어 줄 수 없는 지경에 천둥 같은 고함을 쏟아내며 일어섰다.

당황한 해라가 덩달아 일어나 마주 섰다.

"임선아, 왜 그래?"

상황파악을 못 하는 해라를 마주하며 눈을 주시하고 주체 못할 울분을 토해내는데….

"날 똑바로 봐! 내가 영원히 못 볼 줄 알았냐!

아니. 그러길 바랐겠지! 너만은 믿었는데 어떻게 너까지. 뭐! 하늘이 맑아? 해가 떠오른다고?! 다시 한번 말해봐! 어서!"

억눌렀던 분노가 말끝에 다시 폭발했다.

그때였다.

"뚜루루루루루루 뚜루루루루루루루루 뚜루루루루루루♬♩♪."

대박~이건 또 무슨 조환가. 귀도 믿지 못할 아침이슬의 멜로디가 흘러나온다. 그야말로 멘붕이다. 빛을 받아야만 소리를 낼 수 있는 태양광멜로디카드가 울린다. 이제 사람이 아닌 물건까지 속이려 드나 아님 고장인가. 으악! 도대체 무엇이 진실이란 말인가.

그리고 보니 멜로디카드의 '아침이슬'도 우연이 아니라 성희 아줌마라 가능했던 것이다. 멜로디카드를 집어던져 버리는데 수평선으로 날아가 버렸다. 구름에 스민 빛이 겨우 바다에 닿고 그 아래 큰 배가 한 척 지나는 광경이 눈에 들어온다.

"모두 거짓이었어….'

임선이 오열하며 주저앉아버리자 해라가 일으켜 세워 시선을 마주한 채 나지막이 말했다.

"왜 진작 말하지. 너, 이제 보는구나. 그럼 저 수평선을 봐"

해라의 말에 임선의 시선이 바다를 향했다. 여전히 흐린 하늘 아래 한 척의 배가 눈에 들어오자 침울한 표정의 임선에게 해라가 다시 말을 했다.

"수평선이 보이지 않는구나. 그럼 차라리 눈을 감아. 어서 눈을 감아 봐."

그녀의 말대로 임선은 순순히 고개를 끄덕이며 눈을 감았고 굵은 눈물 줄기가 두 볼을 타고 흘렀다.

손이 시리다. 손이 끊어질 만큼 손이 시리고 온몸에 한기가 든다.

"임선아! 임선아!"

누군가 부르는 소리가 점점 다가왔다. 해라다. 그리고 따뜻한 체온이 느껴진다.

"임선아! 임선아! 조금만 기다려 구조대가 오고 있어."

해라는 울먹이며 임선을 안고 있었다. 이를 지켜보던 몇몇 일행들이 멀리 구조대를 보며 손을 흔들었다.

"여기요! 여기!"

들것을 든 구조대원들이 난간이 끝나는 그 아래로 뛰어간다. 108번째 발을 내딛으며 추락했던 난간 끝. 그곳에서 임선은 깨어났다.

불신에 흔들리는 믿음의 세상

·

·

·

이튿날 아침. 병원. 임선은 다행히 가벼운 동상과 얼굴에 약간의 타박상을 입었고 그 다음 날 아침 퇴원했다.

그리고 며칠 후 카페에 앉아 대화를 하고 있는 임선과 해라.

"그래. 보이지 않는 커브 길의 앞을 확인하려고 차도로 나갔는데 갑자기 승용차가 나타난 거야. 내가 도로에 쓰러져 있었다는데. 기억이 없어. 일어나 보니 병원이더라고."

듣고 있던 임선이 긴 한숨을 내쉬며 말했다.

"그러고도 깨자마자 날 찾겠다고 간호사의 만류에도 병원을 뛰쳐나갔다지. 어휴~."

"그럼 널 그 낯선 곳에 세워 뒀는데 누워 있으리~ 글고 넘어지면서 조금 뇌진탕이 있었을 뿐 괜찮다더라. 나도 아무렇지 않던데 뭘

~. 후후."

"근데 승용차운전자는 어떻게 됐대?"

"아, 그 승용차운전자. 좀 다쳤는데 괜찮아져서 곧 퇴원하려나 봐.
그건 그렇고. 이모님 소원이라는데~ 수술해라!
글고 니가 그토록 바라던 거 아니었어? 제발 수술해라 응!"

"그만해라. 이모만으로 피곤해 죽겠는데 너까지 그러냐."

"성공률이 낮아서 그래? 아님 수술비 때문에?"

"…"

임선은 이번 추락으로 입은 눈 주위의 타박상을 치료하던 중 안
과검사에서 부분적으로 줄기세포가 생착된 것이 확인되었다.

의사는 수술을 통해 줄기세포를 보완해서 생착률을 높이면 희망
이 있다고 했다. 그러나 첫 사례라 성공을 장담할 수 없다고 하였
다. 그럼에도 의사는 기적 같은 일이라 했고 이모는 기뻐 어쩔 줄
몰라 했다. 그러나 정작 당사자인 임선은 어떤 이유인지 기뻐하기는
커녕 당장의 수술을 거부했다. 다짜고짜 마음의 준비가 되지 않았
다며 생각해 보겠다고만 했다. 예상치 못했던 임선의 거부에 이모
는 실망감을 감추지 못했고 그 일로 두 사람은 냉전 중이었다.

임선에겐 너무도 생생한 꿈이었다. 꿈이었지만 눈을 떠서 본 세상
은 충격 그 자체였고 꿈에서 깨 오히려 현실이 아니라 천만다행이란
생각까지 들었다.

눈으로 보게 될 세상에 대한 불신, 그리고 두려움이 생겨 버린 것일까? 물론 꿈에서의 말도 되지 않는 상황이 현실일 수 없다는 것을 알지만, 눈을 떠서 지금보다 더 행복할 자신이 없어진 것이다.

엄마와 같은 이모와 자매 같은 해라를 비롯해 친절하고 배려하는 주변 모든 사람들. 부족한 거라곤 앞을 보지 못하는 조금의 불편뿐 현재의 삶이 충분히 행복하다는 것을 이번에 깨달았다.

과연 이보다 더 행복할 수 있을까. 꼭 눈을 뜰 필요가 있을까.

주변 사람들이 이해 못 할 임선의 갈등은 혼자만의 것이었다.

더군다나 없는 돈에 성공도 장담 못 하는 수술이다.

하지만 평소 임선이 눈을 뜨는 것에 모든 것을 바쳐왔던 이모는 아랑곳할 리 없었다. 더욱이 여태껏 막연하게 매달렸던 것에 비해 이번엔 확인된 희망인 것이다. 그렇게 임선과 이모는 서로 한 발짝도 물러나지 않는 팽팽한 입장이 되어 서먹해졌다.

일주일 후. 이모의 저녁 초대로 해라가 임선과 함께 수업을 마치고 귀가 중이었다. 대화 중 꿈에서 본 과일 집 개의 여운이 생생히 남은 임선이 물었다.

"혹시 과일 집 개. 무슨 색인지 모르지?"

"회색인 것 같았는데."

"봤어?"

"너 퇴원한 날 집에 데려다주고 늦어서 과일 집 앞으로 내려가면

서 봤지."

"아 정말~ 거기로 가지 말라고 그렇게 얘기했는데. 한번 물려 봐야 정신 차리지!"

"아~ 괜히 대답해주고 잔소리 먹네~ 알았어. 한 번 지나갔다. 그만해라. 글고 짖지도 않더만."

"뭐. 안 짖어? 그럴 리가 있나. 암튼 거긴 금지구역이야."

"알았다니까~."

임선은 과일 집 개에 물린 후로 이모와 해라는 물론 주변 사람들에게까지 그 개의 사나움을 알리며 주의시키고 있었다. 시장을 지나 과일 집과 교회의 갈림길에 다다르자 좀 전 해라의 대답에 미심쩍음을 느꼈던 임선이 되물었다.

"아까 개가 안 짖었다고 했지?"

"그래 정말이야. 얌전히 있던데."

"이상하네. 아무리 생각해도 그럴 리가 없는데. 그럼 너 믿고 거기로 한번 지나가 볼까?"

"야! 조금 전만 해도 그렇게 야단치더니 그새 맘 바뀌었냐? 하하"

"네가 안 짖었다고 하니 혹시나 해서 그러지~"

"알았어. 좋아! 짖으면 그때 교회로 돌아가지 뭐."

임선의 제안으로 둘은 과일 집 쪽으로 향했고 모퉁이에 임선을 세워 둔 해라가 말했다.

"먼저 내가 갈 테니 짖지 않으며 바로 따라와"

"응, 알았어"

모퉁이를 돌아 과일 집으로 가던 해라가 개가 없는 것을 보고 황당해한다.

"헐~ 선아. 그냥 와라. 개가 없네."

"어. 벌써!"

두 사람이 무장해제를 하고 과일 집 앞으로 지나가다가 해라는 무심코 가게 안을 들여다봤다.

"가게 안에서 개가 나를 봤는데 가만 있네. 벌써 문 닫으려고 정리하는 거 보니 어디 가는가 보다."

"개가 무슨 색이야?"

"응. 지금 보니 하얀색인데. 저번에 어두워서 회색으로 보였나. 어휴~, 근데 개 주인이 무식하게 생선뼈째로 주나 봐. 개밥그릇 주변에 생선뼈가 널렸네."

"생선뼈?"

"응! 지인이 생선 장사라도 하는가 보지."

"…"

그날 밤 뒤척이며 잠을 이루지 못하고 있는 임선. 그냥 생생한 꿈이라고만 생각했는데 꿈과 같이 하얀색 개라니. 거기다 생선뼈까지. 기막힌 우연이라고 생각하려 해도 그뿐만 아니라 모든 것이 생생한 일들이었다. 꿈은 꿈일 뿐이라고 되뇌어도 현실이 된 느낌인 것이다. 그렇다면 꿈속의 어느 것도 현실일 수도 있다는 것 아닌가.

생각만 해도 소름이 돋는다.

그런 생각만으로 이모에게 죄를 짓는 것이리라. 아니다. 아니다. 되뇌었건만 아니라는 확신이 사라지고 어느새 생각은 이모를 캐고 있었다.

12년 전 교통사고로 부모를 잃고 고아가 되어 복지관에 있을 때 찾아왔던 이모. 언젠가 엄마는 5살 터울이라던 언니인 이모에 대한 얘기를 했다. 어부였던 부모님을 모두 풍랑에 잃고 고아가 된 두 자매는 고아원에서 함께 생활하지만 적응을 못 한 언니가 시설에서 가출해 버렸다. 그렇게 세월이 흘러 동생은 성인이 되어 고아원을 나와 언니를 찾아 나섰지만 끝내 찾지 못했단다.

다시 시간은 흘러 동생이 결혼을 하고 아이를 낳아 돌이 되던 날 언니는 동생을 갑자기 찾아왔다. 어색한 반가움도 잠시 언니는 해맑게 웃는 조카를 안아주고 홀연히 사라졌는데 동생은 수녀가 되었다는 언니 소식을 접하고 전국 수녀원을 수소문했지만 찾지 못했다는 것이 동생인 엄마에게서 들은 이모의 전부였다.

그리고 임선이 사고 이후 실명을 한 채 우울증에 실어증까지 앓으며 시설에서 재활을 하던 차에 말로만 들었고, 돌 때 찾아와 한 번 안아줬다는, 기억에 없던 이모가 찾아왔다. 모든 것을 잃고 어디 하나도 기댈 곳 없던 임선에게 이모는 보호자가 되어 쉼은 물론 자신의 집으로 데려가 정성껏 보살펴주었다.

하지만 만신창이가 된 임선에게 이모란 존재가 인식될 리 만무했다. 그저 공동시설에서 나와 누군가의 가정에서 재활을 받는 느낌 외에 의미가 없었다. 식음과 통원치료를 거부하며 영원히 바깥세상으로 나오지 않을 것만 같았던 임선을 이모는 지극정성으로 보살폈다. 기어코 이모는 내게서 우울증과 실어증을 내보내 버렸고 임선이 지금껏 밝게 자랄 수 있게 하였다.

당시 경황이 없었지만, 점점 지내오면서 깨달은 것이 이모는 동생인 엄마의 소식을 뒤늦게 접하고 조카인 나를 찾았을 것이다. 과거 자신과 같은 고아가 될 처지에 놓인 조카를 보고 어땠을까. 동생에게 다하지 못한 책임을 그 조카에게라도 하고 싶었을 것이다. 때문에 수녀까지 그만두고 나의 곁에 있을 수밖에 없었을 거란 생각이었다. 수녀였던 이모라 그런지 내가 바깥으로 나올 수 있게 되자 가장 먼저 데리고 간 곳도 성당이었다. 굳이 물을 필요 없이 엄마가 말한 그 이모로 자연스럽게 받아들여졌다.

또 죄책감의 굴레를 누구보다 잘 알기에 이모의 동생에 대한 죄책감을 조금도 건드리고 싶지 않았다. 이모 역시 나를 배려한 것인지 엄마에 대해 말하지 않았다. 그렇게 서로 엄마에 대해선 침묵이었다. 그런데 꿈에서 본 사람은 엄마의 친구였다. 분명 그날 운전대를 잡은 그 아줌마였던 것이다.

이모가 그 아줌마라니 있을 수 없는 일이다.

말도 안 된다. 아, 꿈일 뿐인데 또 무슨 생각을 하는가.

임선은 과일 집 개로 시작된 꿈과 현실의 혼돈에 자는 둥 마는 둥 밤을 지새웠다. 토요일 아침이 밝았고 밤새 내리지 못한 결론이 머릿속을 맴돌고 있었다.

이모가 집안 정리 중인지 바깥은 어수선했다.

거실과 마당을 오가는 고르지 못한 이모의 걸음 소리.

얼마 전 병원에서도 절었던 것 같은데 해라가 아니라고 하지 않았던가. 내 귀에만 그렇게 들리는 것일까. 아 또 꿈속에서 본 발의 흉터. 그런데 다리를 저는 소리를 듣기 시작한 것은 불과 한 달 내외.

다시 스멀스멀 피어오르는 의문들이 임선을 괴롭혔다. 갑갑함을 이기지 못하고 일찍이 가방을 싸서 마당으로 나오는 임선.

"이모, 나 나갔다 올게."

"벌써! 해라랑은 점심 약속이라며?"

이모는 수술을 거부 때문인지 기운이 없는 목소리였고 이를 임선은 애써 모른 척 발랄하게 말했다.

"어. 책 볼 것도 있고 해서 미리 도서관에 있다가 만날 거야~."

"어. 그래. 다녀와."

"근데. 다리는 다쳤어?"

"뭔 다리를 다치다니 내가?"

"그런데 왜 절어?"

"내가 다리를 왜 저냐? 잘못 들었겠지 쓸데없는 소리 말고 도서관에 어서 가."

"잘못 들을 수 있지 짜증은~."

"그래 요즘 내가 예민해서 그래. 암튼 점심 잘 챙겨 먹고 늦지 말아."

"알았어~. 아! 글고 내 카드에 녹음한 곡 '아침이슬'이란 가요 맞지?"

"그래. 옛날 노래를 네가 어떻게 아냐"

"아빠가 늘 부르던 곡이라 잘 알지"

"오. 그랬구나! 그 당시엔 꽤나 히트곡이라 모르는 사람이 없었지."

"근데 이모는 어떻게 그 곡을 카드에 넣을 생각을 했어?"

"내가 좋아하는 곡이고 해맞이에 어울릴 것 같고 해서 그랬지. 왜 싫어?"

"아냐! 됐어 가 볼게."

"그래. 조심히 갔다 와!"

이모와의 대화에서 어떠한 실마리라도 찾으려는 임선이었다.

점심시간. 학교 밑 음식점. 누군가를 소개할 사람이 있다며 점심을 같이 먹자던 해라를 기다리고 있는 임선. 테이블에 턱을 괴고 귀에는 이어폰을 꽂고 음악을 듣고 있는 것 같지만 실은 민박집에서 들었던 일행들의 말을 떠올리고 있었다.

해라가 화재현장에 있었고 탈출자 중 한 명이었다니 특히 여고 때 왕따의 시발점이 된 그 말을 세희가 아니라 해라가 한 말이었다니…

헛소문일 것이다. 거짓말일 것이다.

임선은 손으로 잠자리머리핀을 만지작거리고 있다.

정말 파란색일까? 누군가에게 물어보면 될 것이지만. 아, 해라에 대한 신뢰 역시 이모와 같이 절대적인 것이다. 그것을 물어본다는 것은 절대적 신뢰에 금이 가는 것이고 양심이 허락하지 않는다. 도저히 그럴 수는 없다.

이어폰의 음악은 귀에 들어오지 않고 꼬리를 무는 의혹은 민박집에서 들었던 말로 시작해 꿈속의 일들까지 연결지으려 했다.

벼루바위에서 정말 나의 손에만 검은 먹이 묻지 않았을까. 아아, 또 해라를 의심하는 것인가. 과일 집의 개를 만난 이후로 의심증에 걸린 것만 같다.

결론이 없는 집착의 늪에 빠져 헤매고 있을 때였다.

어깨를 흔들며 인사하는 해라.

"야~ 무슨 좋은 음악을 듣길래 불러도 대답이 없냐."

"어. 왔어!"

소개할 사람이 있다더니 함께 온 모양이다. 임선을 마주 보고 두 사람이 나란히 테이블에 앉았다.

"이런 날이 올 줄 몰랐네. 정말 소개하고 싶었는데. 인사해. 민규 씨야."

"뭐. 민규 씨라면. 군대 갔잖아?"

임선이 어리둥절한 사이 민규가 인사를 건넨다.

"아, 네~. 휴가 나왔습니다. 처음 뵙겠습니다. 이민규라고 합니다."

"임선아! 뭐 해? 민규 씨 인사하잖아?"

"이! 그래. 네, 안녕하세요. 저… 정임선라고 해요."

말로만 듣던 군입대로 잊을 거라던 민규를 데리고 오다니. 어떻게 된 일일까. 설마 사귀는 것은 아닐 테고. 그런데 해라에게서 여태 없던 향기가 났다.

"민규 씨 내 남친으로 소개한 거야. 우리 사귀기로 했거든."

"뭐…. 뭐라고?"

"민규 씨와 사귄다고!"

"정말?"

귀를 의심케 하는 해라의 말을 옆에 있던 민규가 확인시켜 준다.

"네! 맞아요. 제가 프러포즈를 했습니다."

"아, 네."

너무 갑작스러운 민규의 등장과 폭탄선언에 그저 어리둥절한 임선.

싱글벙글 좋아 입을 다물지 못하는 평소 말투와 다른 해라.

"어떻게 된 거냐면. 우리 엠티 날 휴가 나왔댄다.

그러니까…. 사실 사고차량 운전자가…. 음, 민규 씨가 말하는 게 좋겠다."

해라가 어떤 말을 하려다 민규에게 떠민다.

"어. 그럴까. 음. 휴가를 나와서 해라의 엠티 소식을 듣고 놀래 주려고 몰래 형의 차를 빌려 민박집으로 출발했죠. 조금씩 내리던 비가 갈수록 눈으로 바뀌었어요.

그리고 민박집이 가까워질수록 눈이 좀더 많이 오는 것 같더라고요.

초보 운전에… 낯선 길, 눈까지…. 불안하고 초조한 마음에 속도를 냈고, 거의 다 왔을 즈음. 산복 도로를 올라가다 커브 길에서 뒤늦게 사람을 발견하고 피하다. 난간 밑으로 추락했던 거죠.

나중에 알았지만 내가 피하려던 사람이 해라였더라고요."

"헉~ 세상에 이런 일이. 그래서 구조는 어떻게 되었죠?"

임선은 입을 다물지 못하고 민규의 말에 집중했다.

"추락해서 정신을 잃었던 내가 깨어난 것은 시끄러운 휴대폰 벨소리 때문이었죠. 겨우 손이 닿는 곳의 휴대폰을 잡아 통화버튼을 누르고 살려달라고 한 것 외엔 기억이 없어요. 친구의 신고 접수를 받은 구조대가 휴대폰의 위치추적을 해서 날 구조했다더라고요.

드라마에 자주 나오는 내용 같지만 나 역시 과다 출혈로 아주 조금만~ 0.1초만 늦었어도 생명이 위험할 수 있었답니다.

이틀 후 깨어난 내게 간호사가 휴대폰을 주더라고요.

난 입대 전에 휴대폰을 해지해서 없는데 말이죠.

알고 보니 해라 꺼였어요. 내가 해라의 전화기로 구조요청을 했던 거죠. 아마 해라가 차에 부딪히며 놓친 휴대폰이 낭떠러지로 같이 전복된 승용차 근처에 떨어졌나 봐요. 정말 기적 같은 일이었죠."

임선은 듣는 내내 놀라워하다 휴대폰 얘기가 나오자 잡으려 애쓰다 튕겨 나간 해라의 휴대폰을 떠올렸다.

아! 그러고 보니 벼루바위에서 해라의 짝사랑이 이루어지게 해달라는 빌었던 소원이 이루어진 것인가. 하지만 거짓인 것을 확인했고 눈을 뜬 소원은 이루어지지 않았으니 우연일 것이다. 아하. 내가 왜 이러지…. 이런 착각을. 검정이 묻은 손, 할아버지, 모두 꿈이었지. 또 꿈을 현실로 받아들이고 있다니. 잠시 잊고 있던 꿈과 현실의 혼돈에 답답해지려 했다.

어차피 민규를 보내고 벼루바위의 진실은 다시 확인하려 했던 바였다. 아무튼 간절한 소원 중 하나였던 해라의 사랑이 이루어졌으니 너무 기쁘고 뿌듯하다. 굳이 휴대폰의 진실을 말할 필요는 없을 것이다.

테이블에 음식이 차려지고 해라는 자연스럽게 임선에게 수저를 쥐여주며 각각의 반찬 위치를 알려 준다.

"그래 그곳으로 휴대폰이 정확히 떨어진 것은 기적이지. 근데 휴대폰의 배경사진이 민규 씨인 데다 벨 소리까지~ 스토커인 줄 알았단다. 흐흐흐."

"뭐! 군대만 가면 민규 씨를 잊어! 내가 이럴 줄 알았어~ 풉."

"스토커는 농담이고. 해라의 휴대폰에서 내 사진 보고 너무 감동해서 울컥했어요."

이건 또 무슨 소리일까. 민규가 해라의 휴대폰에서 자신의 사진을 보고 감동해서 울컥했다니. 갸우뚱한 임선에게 진지하게 털어놓는 민규.

"우정인 척, 사랑이 아닌 척, 벙어리 냉가슴 앓듯 이성 간의 우정을 믿은 대가가 그렇게 클 줄 몰랐어요.

혼자만의 사랑이 힘들어 결국 군입대를 앞당긴 것이었죠.

근데 잊혀지기는 커녕 그리움만 더했고 첫 휴가를 나오자마자 해라를 찾게 되더라고요. 그래서 기적같이 해라의 휴대폰을 보게 되었고 그 속에 나의 배경사진을 발견하고 짝사랑만이 아닐 수 있다는 생각을 하게 되었죠. 그리고 그것을 확인했고요.

이런 게 하늘이 이어준 인연인가 싶더라고요. 흐흐~. 좀 아쉬운 게 있다면 내가 진작 고백을 했다면 서로 그런 아픔은 없었을 텐데 말입니다. 해라도 많이 힘들었다는데 나만큼 힘들었을까 싶습니다.

그토록 가기 싫어 연기했던 군대를 앞당겨 갔을 정도니 아마 내가 더 많이 해라를 좋아한 것 같습니다. 크크크."

"에이! 그건 아닌 것 같은데."

"야! 임선아! 그만혀라~."

"그래 민규 씨가 너보다 훨 좋아한 것 같다 해줄게. 호호."

그저 놀라움의 연속이다. 서로 좋아하는 감정을 숨겨야 했기에 알지 못하고 짝사랑인 줄 알고 지내야 했던 사연이 애잔하기까지 하다. 이 순간만은 해라의 가슴앓이를 지켜보며 함께 힘들어했던 임선으로선 자신의 일처럼 기뻤다.

짙은 향수, 고운 말투. 예전의 해라가 아니다.

"차도로 나간 내 잘못도 있는데 민규 씨는 자꾸 나보고 생명의 은인이라고 해."

"어쨌든 네 휴대폰이 아니었으면 어쩔 뻔했냐?"

은인이라는 말에 번뜩 스치는 것이 있었다. 해라 역시 민규가 공연에 초대한 덕에 별관의 화재를 면할 수 있지 않았던가. 해라가 민규의 공연에 간 것을. 민박집의 소문을. 자연스레 확인할 수 있는 기회다. 싶은 임선이 재빨리 끼어들었다.

"그렇다면 서로 생명의 은인이네!"

"무슨 말이야?"

"별관화재 때 해라 너를 민규 씨가 공연에 초대 안 했으면 어쩔 뻔했어."

다소 의외의 표정으로 해라와 민규는 서로를 보더니 민규가 대답했다.

"아! 네. 많은 사람이 생명을 잃었고 임선 씨도 힘들어한 사고여서 말을 못 했어요. 안 그래도 그 일을 두고 해라가 생명의 은인이라고 고마워했죠. 사실 그 공연은 마지막으로 해라에게 바치는 이별 공연이었거든요."

"그랬구나. 그럼 서로 은인이니 퉁쳤네. 후후."

"그러게. 호호."

그러면 그렇지 민박집에서 잘 못 들은 것이지…. 내가 걱정돼서 민규의 공연을 포기하고 별관에서 나를 기다릴 리 없지. 혹시라도 사랑을 초월한 우정인 줄 알았네. 아, 증말. 누가 그런 헛소문을 쯧쯧.

약간의 서운함과 괜한 미안함을 속으로 삭이는 임선. 그렇게 민박집에서 흘러나왔던 얘기들은 잘못 들었거나 헛소문이었던 것이 증명된 셈이다.

해라는 그저 자신의 연애 스토리를 털어놓기 바빴다.

"민규 씨의 노래를 듣는데 어떻게 하나같이 내 심정과 같은지. 나도 모르게 펑펑 울었지. 헤헤헤."

"당연하지 그날 곡은 모두 너에게 바치는 노래였으니까. 후후."

두 사람의 애절했던 사랑을 들으니 짠~해진다.

2년 동안 해라를 지켜보며 함께 아파했던 날들. 해라의 짝사랑이 얼마나 이루어지길 바랐던가. 간절하면 이루어진다는 말이 새삼 와 닿는다.

해라가 임선이 입 옆에 묻은 밥풀을 떼어 주자 그것을 본 민규가 웃었다.

"하하 둘 확실히 절친이 맞네! 밥풀까지 떼어 주고. 흐."

"임선이 유일하게 못 하는 거고, 이제 내가 해줄 수 있는 가장 큰 도움이지. 후후."

"그러게 호호"

점심식사를 마치고 민규가 먼저 가겠다며 일어나 인사를 건넨다.

"오늘 식사 정말 좋았어요. 그러고 보니 임선 씨 파란색 머리핀 정말 잘 어울리네요. 하하~"

"아. 네! 감사합니다."

"해라야, 그럼 같게 나중에 연락하자~"

"응 그래 잘 가~."

파란색 머리핀. 역시 꿈은 꿈이었고. 헛소문까지 무엇을 더 확인할 필요가 있을까. 해라에게 미안한 마음에 괜히 피식 웃어 보이는 임선.

"담배 안 피우는 사람 만난다더니 어지간히도 좋은 갑다. 후후."

"어휴~ 이 코를 내가 못 속인다니까. 좀 모른 척 지나가면 안 되냐! 원래는 담배 못 피웠는데 3학년 초부터 나 때문에 피기 시작했단다. 내가 끊게 할 거고 이제 필 이유도 없지, 뭐. 후후. "

"그래, 좋은 사람 같구나. 네가 좋아하니 나도 기쁘다."

진심이 묻어나는 임선의 말에 해라는 흐뭇해했다.

"아! 그리고 벼루바위의 미스터리 풀렸어!"

해라가 문득 생각났는지 벼루바위의 말을 꺼내는 것이었다. 헛소문에다, 머리핀에다, 벼루바위까지. 먼저 묻기 전에 절묘하게 하나씩 의혹이 풀리고 있는 상황이 임선은 신기할 뿐이다. "어. 그래! "

"네 손에만 검정이 묻지 않은 이유를 알아냈어. 며칠 전에 종민이가 인터넷으로 벼루바위에 관한 글을 읽었는데. 벼루바위에서 너처럼 껌정이 묻지 않은 사람이 있어서 TV 프로에 제보를 했고 취재를 한 적이 있다더라. 그 과정에서 유분이 많이 포함된 로션을 손에 바르면 피부표면이 코팅된 것처럼 돼서 껌정이 거의 안 묻는 경우가 발생한다고 밝혀졌대.

그날 너도 화장실에서 로션 발랐잖아. 그것도 아주 많이~. 아마 그래서 기적 아닌 기적이 일어난 걸 거야, 호호~."

"…!"

"종민이는 네가 그렇게 믿도록 그냥 두라고 하던데. 그날 보니 넌 어차피 못 믿는 눈치고. 불신감 해소 차원에서 말해주는 거니까 오해는 하지 마~"

"어, 그, 그랬구나."

기적이 아니라 로션 때문이었다니. 조금 허탈하다. 헛소문과 기막힌 우연에. 꿈일 뿐인데. 하, 아무리 착각은 자유라지만 심했다.

어쨌든 오늘 모든 의혹이 풀린 것 같아 시원하긴 하다.

점심과 쇼핑을 하며 주말을 함께한 해라와 헤어지고 늦은 오후 임선은 귀가 중이었다. 모든 것이 꿈이었다는 것을 확인한 것 같아 한결 마음이 가벼워진 발걸음이다.

평소처럼 신호등을 건너 오르막을 오르고 있었다. 그리고 무심결에 갈림길을 지나오는데.

"윽~ 내가 왜 이러지?"

혼잣말하는 임선. 개가 있는 과일 집으로 가고 있었다. 요즘 머릿속이 복잡하기 때문일 것이다.

뒤늦게 깨닫고 돌아서려는데 짖지 않는다던 해라의 말과 꿈속에서의 백구 모습이 떠올랐다.

그래 일찍 마쳐서 시간도 많고 까짓거 짖을라치면 바로 돌아오면 그만이다. 뻔한 짓인 줄 알면서 그대로 과일 집을 향하는 발걸음. 드디어 임선은 모퉁이에서 잠시 망설이는가 싶더니 과일 집을 향해 돌아섰다.

과일 집과 13미터 거리 앞에 있다면 볼 것이고 즉시 짖을 것이다.

하나. 둘.

"멍! 멍! 멍!"

후후. 그럼 그렇지. 다시 뒤돌아서 모퉁이를 돌아서는 데 마침 맞은편에 오던 사람이 스치고 지나간다. 그런데 조용하다.

아. 짜증. 저 똥개가 나에게만 짖었단 말인가. 개 주인인가. 도대체 이유를 알 수가 없다.

마침 또 다른 사람이 옆을 지나 과일 집 방향으로 간다. 귀를 쫑긋 세우는데 역시나 조용하다. 아…. 진짜 저 똥개~ 왜 나만 그래~. 내가 다른 사람과 무엇이 다른가. 앞을 보지 못하는 나에게만 짖으니. 이건 뭐, 개 차별인가. 외관상 저들과 무엇이 다른 것인가. 개가 볼 때 무엇이 다를까. 외관상.

아! 그렇지! 그래. 맞다! 지팡이! 내가 남과 다르게 지팡이를 들고 있다. 또한 꿈에서도 지팡이를 들고 있지 않았다. 헐~ 꿈일 뿐인데, 또. 어쨌든 결과가 궁금해서 도저히 그냥은 못 가겠다.

지팡이를 접어 가방에 넣고 재도전에 나서는데 모퉁이에서 긴장된 마음을 풀려고 길게 한숨을 들이마셨다. 그리고 다시 모퉁이를 돌아 똥개를 향해 돌아서고. 하나, 둘, 셋….

어, 조용하다. 신기하다. 밥 먹고 있나? 들어갔나?

왼쪽 벽으로 바짝 붙어 한걸음 전진하는데, 그래도 조용하다.

또 한 걸음. 정말 지팡이가 원인이었던 말인가. 짖지 않으니 그대로 전진할 수밖에. 두근두근 심장의 진동이 온몸으로 퍼지는 것만 같다. 괜찮을 거다. 괜찮을 거다. 계속 되뇌며 나아간다.

툭! 헛, 전봇대가 만져진다. 전봇대라면 바로 과일 집 맞은편이라는 것인데 이상하리만큼 조용하다. 어쨌든 빨리 이곳만 벗어나면 되는 것이다. 전봇대를 비켜 재빨리 걸음을 옮기는데….

"픽! 으윽~."

다리가 줄에 걸려 넘어진 것 같다. 우째 이런 일이…. 다리에 약간 통증이 있지만 빨리 일어나 가야 한다. 땅을 짚고 일어서려는데 손등으로 뜨뜻한 액체의 기운이 느껴진다.

뭔가 손등을 핥고 있는 이 느낌. 으윽…. 개 같다!

임선은 기겁하며 전봇대를 잡고 몸을 일으켰다. 그런데 일어나자마자 비비며 품 안으로 파고드는 것은 개였다. 파고드는 개를 얼떨결에 손으로 쓰다듬어 버린 임선. 거의 반사적인 행동이었다.

이게 무슨 상황인가. 신기하다. 두려움이 있던 자리에 안도감이 들어왔다. 전봇대 뒤로 묶인 줄이 느껴지는 것을 보니 개의 목줄에 걸려 넘어진 것이었다. 늘 슈퍼 앞에 있던 개를 오늘 하필 전봇대에 묶어 둔 것이다. 갑자기 손에서 빠져나간 개가 다리 밑에서 느껴지는데 앉아서 손을 뻗으니 개의 배가 만져진다.

아, 이 소름, 전율. 어떤 표현도 부족하리라.

비비고 드러눕던 그 옛날 백구의 행동을 그대로 하고 있는 것이 아닌가.

백구야. 백구야.

절로 나오는 그 이름 백구를 부르고 있었다. 의심의 여지 없이 백구다. 다시 백구가 일어나 얼굴을 핥고 눈을 어루만지듯 계속 핥는다. 아아, 이 기분. 마치 보지 못하는 것을 알고나 있는 듯 계속 눈을 핥아 준다.

너, 백구구나. 백구라 부르며 꼭 끌어안는데 감정이 북받쳐 오른다. 백구야.

그때였다. 누군가의 인기척이 다가오자 백구가 품 안을 급히 빠져나갔다.

"야! 꼴통! 어서 들어가!"

"끄응~."

가게주인의 짜증스러운 말투에 품에서 사라져버린 개. 가게주인의 투덜대는 소리가 가게로 멀어져 간다.

"꽝!"

앗! 놀라라.

무식하게 내리는 셔터 소리까지…. 이런 게 데자뷰란 건가. 그런데 15년은 넘었는데 개의 수명을 생각하면 백구일 리 없는데. 왜 자꾸 백구인 것만 같을까. 아. 백구의 여운이 잊히질 않는다. 원인 모를 아픔이 전염되는 느낌까지. 집으로 향하는 발걸음이 무겁다.

앗! 그런데 이건 무슨 냄새…. 그러고 보니 얼굴과 손에서 온통 생선 비린내가 난다.

꿈, 아니 우연일 것이다. 그보다 과일 집 개가 여태 짖은 이유가 지팡이 때문이라는 것은 확실해졌다. 왜일까…. 지팡이가 자신을 때리는 매로 보였던 것일까. 개를 대하는 주인에게서 그렇게 결론을 내릴 수밖에 없는 현실이 슬프다. 오히려 사나운 개라고. 나쁜 개라고만 믿고 소문까지 낸 것이 미안할 뿐이다.

하~ 백구야. 다시 만나길.

그날 밤. 임선은 이리저리 뒤척이며 잠을 못 이루고 있었다.

오늘 해라에게서 모두 꿈이라고 확인한 마음은 온데간데없고 귀가 중 만난 개, 아니 백구의 생각으로 꿈과 현실을 오가고 있었다. 생선 비린내까지. 혼돈을 더할 뿐이었다. 그리고 바깥에 나갔던 이모의 대문을 열고 마당으로 들어오는 소리가 들리는데 역시나 고르지 못한 걸음 소리가 귀로 들어온다. 하아~ 다시. 모든 것은 미궁 속으로 빠져들었다.

진실을 찾아서

∙

∙

∙

다음날 오후. 수업을 마친 임선이 강의실에 그대로 앉아 휴대폰을 만지작거리고 있었다. 다시 혼돈에 빠져 잠을 이루지 못했던 어젯밤의 결론은 이모의 과거 신분을 확인하는 것이었다. 이것만 확인되면 더 이상 의심할 것도 없고 마음 편히 지낼 수 있을 것 같다.

임선은 114로 전화를 걸었다.

"여보세요. 춘천에 있는 모든 수녀원의 연락처를 알 수 있을까요?"

이것만 확인하면 된다. 홀로 지낼 때 춘천에 있었다는 말을 근거로 춘천의 수녀원에 전화를 걸어 확인할 생각이다. 의외로 춘천에 있는 수녀원의 수는 3곳밖에 안 됐다. 휴대폰의 버튼을 하나하나 눌러 첫 번째 통화를 시도하는 임선.

"여보세요. 네. 거기 계셨던 수녀님 중에 김성녀라는 사람이 있었는지 확인 좀 해줄 수 있어요?"

"네~. 잠깐만 기다려주세요"

기다리는 동안 긴장되는 것은 어쩔 수 없나 보다. 입술이 바짝 마른다.

"네. 그런 분은 없었습니다!"

조였던 가슴이 풀리는 듯하다. 다시 두 번째 연락처로 전화하는데. 역시 같은 답변이다. 마지막 세 번째.

"네! 죄송합니다. 그런 분은 없었습니다."

가슴이 덜컹 내려앉았다. 꿈만이 아니란 말인가. 그것만은 안 될 일이다. 무엇을 더 확인해야 하나. 극에 달한 의심이 자제력을 잃게 하였다. 이모로부터 직접 들어야겠기에 즉시 집으로 향한다.

이모는 평소보다 늦게 들어온 임선을 기다린 듯했다.

"밥 차려 놨으니 빨리 먹어!"

말이 끝나기 무섭게 들어가 버리는 이모. 끝장을 보려는 듯 이모의 방문을 열려는데 차라리 눈을 감으라 했던 해라의 말이 귓가에 맴돈다. 그 말에 동작을 멈춘 임선. 꿈속에서 한 말인데.

암튼. 확신하기엔 부족하다. 등록되지 않은 수녀일 수도 있고 수녀원에서 명단이 누락될 수도 있을 것이다.

밥을 먹지 않고 그대로 자신의 방에 들어가 드러누운 임선.

잠긴 문을 흔들며 밥을 먹으라 다그치는 이모. 거실 마루를 오가는 이모의 절뚝거림이 더욱 크게 들린다. 꿈에서 봤던 발등의 상처.

아! 정말 미쳐버릴 것만 같다~. 임선은 귀를 틀어막았다.

더욱 커져버린 불신은 임선의 잠을 방해하고 있었다. 만약에 이모가 아니라면 생각조차 두렵지만, 한편으로는 보지 못하는데 누구인들 어떨까. 분명한 것은 나를 위해 모든 것을 바치고 희생한 이모인데 나만 모른 척 넘어가면 모든 것이 순조로운데. 무슨 진실이 더 이상 필요한가. 이대로 살면 그것이 진실이 되겠지라는 생각도 든다.

하지만 의혹투성이가 된 지금 그대로 지낼 수 있을까. 특히 계속 들게 될 이모의 걸음 소리를 모른 척할 수 있을까. 불신할수록 이모에 대한 미안함, 죄책감만 커질 뿐이다. 이런저런 복잡한 생각에 뒤척이다 보니 새벽이다. 결론은 1년만 견뎌 취업과 함께 이모로부터 독립해 나가는 것이다. 1년. 어떡하든 그동안 되도록 도서관에서 지내면 되는 것이고.

어차피 잠도 오지 않고 지금부터 당장 실행에 옮기련다. 임선은 이른 새벽부터 집을 나서 학교 도서관으로 향했다. 대입 수능 이후 처음인 새벽 등교였다.

아침이 돼서야 임선이 나간 것을 알게 된 이모가 임선에게 전화를 했다. 그러나 임선은 이모의 전화를 받지 않고 있었다. 이모가 포기하지 않고 계속해서 전화를 하자 결국 통화버튼을 누른 임선.

"아! 왜!"

"어디야?"

"도서관이야!"

"뭔 일이야 그렇게 일찍 도서관에 가게."

"이제 1년 남았어. 취업 준비해야 하니 매일 새벽에 나가 늦게 들어갈 거야. 그렇게 알아!"

"그게 무슨 말이야? 그럼 미리 말이라도 했어야지!"

"말할 틈이 없었어. 이제 말했으니 됐지."

"너, 이러는 거 수술하라는 것 때문이야? 그것 때문이면."

"아냐! 그건 아니라구! 빨리 취직해서 돈 벌고 싶은 생각뿐이야! 그러니 오해 마! 그리고 주말도 도서관에 올 거니 그리 알아."

"성당은 어쩌고?"

"알아서 갈 테니 이모 혼자 가~."

"저녁은?"

"사 먹을 테니 그것도 걱정 말아."

"아침은."

뚜~

다시 울리는 벨. 그러나 받지 않고 휴대폰을 꺼버렸다. 편치 않은 마음. 공부가 될 리 없었다. 그리고 1년을 이렇게 넘기자 결심했지만 막막하다.

점심시간.

임선은 찾아온 해라와 식당 테이블에 앉아있었다.

"갑자기 새벽부터 웬 공부를 한다고 도서관이야~. 이모랑 싸웠어?"

"… 아냐 밥이나 먹어~. 아. 근데 너. 이모 다리 저는 거 알아?"

"저번에도 물어서 아니라고 했잖아! 왜 그래?"

"내 귀가 잘못된 건지. 별관화재 이후 이모의 걸음 소리가 그렇게 들려."

"그럼 내가 모를 리 없지 그 이후로 몇 번을 봤는데 다리 저는 것은 모르겠는데. 정말 니가 잘못 들었을 거야."

"그래. 니가 아니라니. 내가 잘못 들은 거겠지."

석연치 않은 표정의 임선의 1년만 견디다 취업해 나가면 된다던 다짐은 허물어져 있었다.

임선은 말처럼 늦은 밤이 되어서야 도서관을 나와 집으로 가고 있었다. 오르막을 올라 골목 입구에 다다를 때쯤이었다.

"왜 이렇게 늦었어!"

이모의 근심에 찬 목소리였다. 예상치 못한 골목 입구에서의 기다림에 내심 놀랐다. 얼마나 기다렸을지.

이모를 피해 늦게 온 것인데 순간 반가움에 움찔하다 멈칫했다.

"왜 왔어? 알아서 갈 텐데!"

숨길 수 없는 반가움에 어색한 한마디 던지고 서먹하게 골목으로 앞서 들어가는 임선. 이어 뒤따르는 이모. 역시나 뒤를 따라오는 이모의 절뚝거리는 걸음 소리가 거슬린다. 순간 반갑던 마음은 사라지고, 다시 꿈에서의 모습과 겹치며 화가 치밀고 가던 걸음을 멈춰 선다.

"내일부터 나오지 마! 알아서 갈 테니."

"너 정말 왜 그러니? 늦은 밤 걱정돼서 집 앞에까지 마중 나오는 것도 안 된다니!"

"혼자 살면 늦게 다닐 일 없을 거 같아! 언제는 자립해야 하니 해라한테 너무 의지하지 말라며? 이모도 영원히 내 곁에 있을 거 아니잖아! 그러니 이것도 자립을 위한 훈련이라 생각하란 말야!"

"…"

말끝에 급히 돌아서 가는 임선. 기가 차서 따르지 못하고 한참 멍하니 제자리에 선 이모.

다음 날 새벽 알람이 울린다. 깨어난 임선이 가방을 챙겨 거실로 나왔다. 이모가 깰까 조용히 마루를 사뿐히 가로질러 가서 신발을 신으려 마루에 걸쳐 앉았는데 옆에 뭔가가 잡히는 것이 있다.

손에 익은 작은 가방. 고3 때 매일 들고 다녔던 도시락 가방이다.

도시락 온기로 봐서 30분은 된 것 같다. 이모가 먼저 일어나 도시락을 만든 것이다. 아. 얼마만의 도시락인가. 그때로 돌아간 것 같다. 새삼 하루도 빠짐없이 새벽에 일어나 도시락을 챙겨준 이모의 정이 느껴진다. 힘들었지만 추억이 되어버린 그때가 좋았지.

그리고 밥값인 듯 서너 장의 지폐까지. 이모이든 아니든 중요한가. 현재 내겐 누구보다 소중한 사람인데. 또다시 흔들리는 마음. 정말 간사한 인간의 마음이 이런 건가 싶다.

아, 내가 뭐 하는지 부질없는 생각이고 감상에 빠져 있을 때가 아니다. 냉정해져야 한다. 그래도 거부할 수 없는 이모의 도시락을 챙겨 들고 학교로 향하는 임선.

그렇게 또 하루가 지난 늦은 밤. 귀가 중 과일 집 앞을 지나고 있
었다. 그날 이후 과일 집 앞으로 다니지만, 새벽과 늦은 밤에 지나
가니 백구를 만날 수는 없다.

그 아쉬움에 마음으로 불러 보며 지나간다. 백구야 잘 있니.

과일 집을 지나 골목의 입구에 다다르자 혹시 또 이모가 있지 않
을까 신경 쓰인다. 다행히 나오지 않은 것 같다. 그런데 알 수 없는
것이 인간의 마음이다. 내심 서운하니 말이다. 집 대문을 열고 들어
서는데 이모의 방으로부터 TV 소리가 흘러나온다.

텔레비전을 켜고 잠든 것인가?

헉! 이것 또한 데자뷔인가. 꿈인가. 꿈에서 이모의 모습이 떠오르
며 소름이 돋는다. 방문을 열고 들어가 확인하고 싶지만 볼 수 없
으니 의미 없다.

매번 이렇게 지낼 수는 없는 일이다. 어쨌든 가을에 취업해 나가
면 그만이다. 뛰는 가슴을 진정시키고 방에 들어와 곧장 잠자리에
드는데, 그때였다. 대문이 열리는 소리. 아차! 문을 잠그지 않았던
가. 도둑일런가.

저벅저벅 누군가 이모의 방으로 향하는 발걸음. 쩔뚝거리는 소리

헐~. 의심의 여지가 없이 이모였다. 그렇다면 골목 입구에서 기

다렸단 말인가. 짜증 낼 것을 알고 몰래 기다리다 들어오는 것이리라. 아~ 이모는 TV라도 끄고 다니던가~ 데자뷔 병 걸리겠구만.

추운 밤늦게까지 기다렸을 걸 생각하니 마음이 편하지 않지만 서로를 위해서 냉정해져야 한다. 그렇게 두 사람의 불편한 날들은 계속되었고 10일째 되는 새벽이었다.

하품을 하며 마루를 가로질러가는 임선. 거실 마루에 앉는데 도시락 가방이 놓였던 자리에 아무것도 없다. 도시락을 챙겨 준 이후 처음이었다.

웬일이야. 잠이 깊이 들었나 보네. 하긴 한 번쯤 빠트릴 때가 됐지. 매일 생각 없이 가져가던 도시락이 없으니 서운함과 허전함이 든다.

수업이 시작된 오후 3교시. 특강으로 초빙된 교수가 자신을 소개하며 밝힌 이름에 임선은 수업에 집중할 수가 없었다.

교수는 이모와 성은 다르지만 이름이 같은 이성녀였다. 김성녀. 집배원을 통해 처음 알게 된 이모의 이름이었다. 엄마로부터 이모의 이름을 들은 적이 없으니 그러려니 했다. 근데 곰곰이 생각해보니 엄마의 이름은 김순이.

돌림자를 쓰던 그 시대를 생각하면 성만 같을 뿐 전혀 다른 이름이란 생각이다. 그렇다 해도 이모의 진짜 이름을 확인할 방법이 없어

고민하던 중 언니인 이모와 다섯 살 터울이라던 엄마의 오래전 말이 떠올랐다. 계산해보니 엄마가 살아있었다면 55세. 그럼 이모의 나이가 60세이다. 그러고 보니 자신도 모르게 이모의 나이를 대략 60세 정도로 알고 지냈던 것이다.

몇 번의 대화로 상대의 나이를 짐작하는 게 거의 빗나간 경우가 없었던 임선이어서 굳이 상대의 나이를 묻는 경우는 없었다. 임선은 다섯 살 터울이라던 엄마의 말이 선입관으로 작용한 것인지 평소 이모의 음성을 떠올려 봤다. 객관적으로 추측해 보는데. 역시 60세라는 확신이 선다.

그래도 심증일 뿐이고. 이모에게는 미안하지만, 이것만 확인하면 이모에 대한 믿음이 확고해질 것 같다. 그것만 확인하면 모든 오해가 풀리고 이모와 예전처럼 지낼 수 있을 것 같다. 1년을 불편하게 지낼 필요도 없는 것이다. 조급증이 생긴 임선이 수업이 끝나기도 전에 교문을 나섰다.

버스에서 내려 동사무소로 가는 발길이 무거워졌다. 이모가 60세일 거란 판단에 엄마의 말이 선입관으로 작용한 것이 아닐까라는 생각이 든 것이다. 혹시나 만약 틀리면 어쩌나 하는 생각에 이미 발걸음은 동사무소로 들어와 있었다.

어쩔 수 없이 등본을 넘겨받은 임선은 차마 직원에게 이모의 생년을 읽어 달라고까진 못하고 동사무소를 나와버렸다.

임선은 근처 공원 벤치에 앉아 등본을 손에 쥐고 어찌할 바를 모르고 있었다. 어떻게 누구에게 물어봐야 하나. 그냥 찢어 버릴까. 휴. 고민하는 사이 누군가 다가오고 있었다.

"실례합니다. 여기 근처 슈퍼마켓이 어디 있나요?"

"아, 네. 공원입구에서 왼쪽으로 10미터 가면 빵집이 있고 맞은편 횡단보도 건너 오른쪽으로 5미터 더 가면 슈퍼마켓이 있어요."

"앞을 못 보시는 분이 어떻게 더 상세히 알려주시네요. 고마워요."

"잠깐만요!"

임선은 인사를 하고 돌아서려는 여자에게 반사적으로 등본을 내밀었다.

"저. 여기 세대주 이름과 생년월일을 읽어주실 수 있어요?"

"아. 네, 그러죠."

등본을 여자에게 넘겨주고 임선은 잔뜩 긴장된 표정으로 귀를 쫑긋 세웠다.

그리고 여자가 등본을 읽으려는 순간 휴대폰 벨 소리가 울렸다.

"띠릴리리리 띠릴리리리♪~."

임선은 무시하고 여자에게 빨리 등본을 읽어달라 재촉했다.

"띠릴리리리 띠릴리리리♪~."

"급한 전화인 거 같은데 괜찮으니 전화 먼저 받으세요."

끝없이 울리는 벨 소리에 부담된 여자가 먼저 전화를 받아보라 배려하자 임선은 마지못해 통화 버튼을 눌렀다.

"그래, 해라야. 조금 이따 내가 전화할게."

"아니! 급한 거야! 이모님이 쓰러지셨어! 여기 소망병원이야."

이모가 쓰러졌다니. 병원이라니. 뒤통수를 맞은 느낌이 이런 것인가 매우 당황한 임선은 어쩔 바를 몰라 하며 여자에게 소리쳤다.

"저 택시 좀 잡아 주세요!"

여자는 임선을 진정시키며 공원을 빠져나가 택시를 세웠다. 여자는 임선에게 등본을 손에 쥐여주며 택시 문을 열어주었다.

이모의 사랑

.

.

.

한편. 해라는 응급실 앞 의자에 앉아 있었다. 이내 곧 병원 직원의 도움을 받은 임선이 다가오고 해라가 어두운 표정으로 맞는다.

"임선아. 방금 응급치료를 받고 잠드셨고 깨어날 때까지 기다리래."

"어떻게 된 거야? 무슨 일인데?"

"나도 몰라. 시장 보시다 쓰러져 119에 실려 오셨대."

그때 두 사람에게 간호사가 다가왔다.

"김성녀 씨, 보호자 분이 누구시죠?"

"아. 네. 접니다!"

임선이 즉시 대답했다. 좀 전 이모의 실체를 밝히려던 임선이 아니었다. 간호사의 안내로 상담실로 들어간 임선과 해라. 임선은 의사 앞에 앉은 잔뜩 긴장된 얼굴로 앉았고 의사가 한숨을 내쉬더니 입을 열었다.

"김성녀 씨는 골수암 말기입니다."

"…"

"2개월 전 내원하셨을 때는 척추 주변의 골수암 초기로 진단했는데 지금은 척추를 따라 다리까지 전이가 진행된 상태입니다."

의사의 말에 모든 세포가 정지된 듯 임선은 움직임이 없었고 놀란 해라가 질문을 했다.

"아니. 이모가 2개월 전 이 병원에서 암 판정을 받았다고요?"

"네, 그렇습니다. 환자분이 가족에게 숨기려 했나 보군요. 그래도 이 정도면 다리를 많이 절었을 텐데. 같이 있는 분이 앞을 보지 못하시니 눈치를 못 채셨나 보군요."

"…"

임선이 더 이상 듣지 못하겠는지 의사의 말이 끝나기도 전에 일어나 나가려 하자 해라가 부축하여 복도로 나와 의자에 앉혔다.

"괜찮아?"

"…"

임선은 망연자실 아무 말 없이 고개를 숙인 채 의자에 앉아있었다. 그런 임선을 두고 다시 상담실로 들어가 의사의 의견을 마저 듣고 나오는 해라.

"그래도 희망은 있단다. 이모가 항암치료를 받도록 설득해달라고 하네. 음. 힘들겠지만 항암치료만 잘 받으면 충분히 살 수 있대.

그리고… 이모는 다리의 통증에도 저는 것을 숨기려 했던 것 같네. 네가 다리 저는 걸 물어봤지. 이모는 나는 속였지만 널 속이지 못했어."

임선은 해라의 말을 듣기나 하는지 계속 고개만 숙이고 있었다.

"간호사의 말이 2개월 전 암 판정을 받고 나가실 때 치료비가 얼마지 계속해서 물어봤다는 거 보니까 치료비를 걱정하셨나 봐. 오직 네 걱정뿐인 이모가 본인 몸을 돌볼 겨를이 있었겠냐. 그리고 이모가 너에게 비밀로 하라 했는데…. 지난 주 빵가게 내놓았어. 지금 생각해보니 치료비 때문인 것 같아…"

그때였다. 석고처럼 굳어있던 임선이 손에 들고 있던 무언가를 찢기 시작했다. 눈을 깜박이며 찢고 또 찢는 것은 등본이었다.

해라는 알 수 없는 임선의 행동을 지켜보고 있었다. 잘게 찢어져 바닥으로 떨어지는 등본의 조각들이 임선의 눈물처럼 떨어져 흩어졌다. 임선은 자책하며 더 이상 찢을 수 없이 작아진 조각까지 찢으려 애썼고 보다 못해 해라가 말렸다.

"임선아~. 왜 그래! 그만해."

해라의 저지로 동작을 멈춘 임선은 눈만 깜박이고 있었다.

그토록 거슬렸던 이모의 다리 저는 소리가 암 때문이었다니…. 생명이 위태롭기까지 암을 숨기며 홀로 견뎠을 이모를 생각하니 억장이 무너졌다. 더구나 그런 이모의 뒤를 캐고 다녔다는 죄책감은 그 옛날 부모님을 잃게 한 그것과 다를 게 없는 것이었다. 임선은 계속해서 눈만 깜박였다.

얼마 후 다시 간호사 다가오더니 이모가 깨어났다며 면회를 허락했다. 곧장 임모의 병실 문을 열고 들어가는 두 사람.

초췌한 모습의 이모가 누워있고 해라가 이모를 일으켜 앉혔다.

"여기가 어디냐?"

"병원요. 시장에 가신 거 기억나세요?"

"아! 당연히 생각나지! 어제 잠을 좀 설쳤더니 피곤했는데. 쓰러졌나 보네. 이 나이 되면 조금 힘들어도 쓰러질 수 있어. 괜찮아, 집에 가자"

"…"

임선은 아프고, 화나고, 미안하고, 복잡한 심경에 말문이 막혔다.

좀처럼 입을 열지 않는 임선을 대신해 해라가 말문을 열었다.

"정말 괜찮으세요?"

"그럼, 괜찮다 마다~. 어서 집에나 가자."

이불을 젖히며 일어나려는 이모의 말에 닫고 있던 임선의 말문이 터졌다.

"항암 치료받아!"

고성에 가까운 임선의 말에 놀란 이모가 땅이 꺼질 듯 한숨을 내쉬었다.

"어휴~ 알았구나. 난 치료한다고 나을 수 있는 병이 아니야. 일단 집에 가서 얘기하자"

"안 가! 이모가 항암 치료받는다고 할 때까지 한 발짝도 안 가! 절대 못 간다고!"

"좋아~ 그럼 너부터 치료받자. 그 후에 난 생각해볼게, 응?"

"아니! 이모부터 항암 치료하면 나도 치료받을게~!"

"…"

"그리고! 왜 그래? 도무지 이해를 못 하겠어! 얼굴 한번 본 적 없는 장애를 가진 조카를 입양해서 자식 이상 지극정성으로 키운 것도 모자라 본인 생명과 조카 눈뜨게 하는 것과 바꾸겠다는 이모를 이해 못 하겠다고! 도대체 엄마한테 어떤 빚을 졌길래 아니 못 할 짓이라도 했어! 왜 나에게 그렇게까지 하냐고! 왜!"

"…"

임선의 절규에 가까운 갑작스러운 말에 충격인지 이모는 대답을 못 하고 생각에 잠긴 듯했다. 잠깐의 침묵 후 이모가 힘없는 소리로 자백하듯 말문을 열었다.

"못 할 짓. 그…. 그래. 못 할 짓을 했지.

한순간의 잘못된 선택이었고. 깨달았을 땐 이미 되돌릴 수 없게 되었어.

떠올리는 것조차 고통이고 죄책감이었는데. 널 받아들이니 편해지더라.

처음엔 내 동생처럼 보였고, 지날수록 내 딸이 되었고, 그러다 내 전부가 되어 있더라.

이제 와 말해 뭐 하겠니.

어찌 되었든 이제 내게 남은 것이라곤 너 하나야.

내 소원이 있다면 너에게 예전의 세상을 돌려주는 것뿐.

난 그거면 돼."

"도대체 왜! 내가 앞을 보게 되는 것이 이모가 그토록 바라는 소
원이 됐냐고? 왜!"

고함 같은 임선의 말에 이모의 언성도 높아졌다.

"왜냐고! 너 집 대문이 녹색인 줄 알지! 작년에 대문 칠할 때 노란
색이라고 못 들었어? 그런데 아직 녹색으로 알고 있는 널 보는 내
심정이 어떤 줄 알아!

그리고 네가 그토록 아끼던 성경책이 바뀐 줄도 모를 거야.

1학년 때 내가 모르고 가방과 성경책을 같이 세탁해버렸고 그때
같은 게 없어서 비슷한 성경책으로 바꿔 놨는데 넌 모르더라 그뿐
이겠냐. 너에게 상처가 될까 말을 못 한 것들, 바빠서 모른 척한 것
들, 미루었던 것들, 수도 없을 거야.

그것들이 너의 착각으로 쌓여 가는 것을 보는 내 심정을 모르지!
그러니 눈을 뜨게 해서 거짓이 아닌 진실을 보게 해주려는 거야!

언제까지고 네 곁에 있을 수 없는 내가 해줄 수 있는 것은 진실의
세상을 보게 해주는 것뿐이라고 말야. 어쩌라고…"

"그래! 이모가 말하지 않았으면 몰랐겠지. 그런데 그렇게 믿고 살
면 되지 그게 왜 중요한데? 눈으로 보고 힘들어하는 것보다 오히려
자유로운 생각을 할 수 있는 지금이 좋은 거 아냐? 그리고 눈뜨면
진실만 볼 수 있을 것 같아?"

임선이 말끝을 흐렸다. 노란색 대문이었다니. 생일에 준 성경책이

아니었다니. 사실 충격이긴 했다.

그래도 이모를 치료받게 해야 하는 것에 비할까. 충격도 잠시. 어떻게든 이모를 설득해 치료를 받게 해야 하는 것이다. 감정을 가라앉힌 임선이 다시 천천히 입을 열었다.

"그날 해맞이 가자고 조르지만 않았어도 엄마, 아빠가 그렇게 돌아가시지 않았을 거야.

한순간도 그 끔찍한 죄책감에서 벗어난 적이 없어. 하늘에서 보고 계실 엄마, 아빠가 그런 내 모습을 원치 않을 거 같아 죽지 못해 살아왔어.

그런데 이런 나에게 이모는 또 같은 짐을 주려 하고 있어.

내가 아니었으면 이모는 수술비 걱정 없이 항암치료를 받았겠지.

맞잖아?"

"선아. 너 때문이 아니야. 치료하기에 이미 난 늦었어."

"그럼 왜 진작 치료받지 않았어? 아직 항암 치료하면 살 수 있댔어. 내가 이모의 목숨 대가로 눈을 뜨면 잘살 것 같아? 이모까지 그렇게 보내면 눈을 떠도 사는 게 아닐 거야.

그러니 제발 내 걱정 말고 항암 치료받아. 이모, 제발."

임선은 바뀔 것 같지 않은 이모의 반응에 눈만 깜박일 뿐이었다. 어떻게든 이모의 마음을 움직이려 이모의 손을 잡은 임선. 예전과 다르게 많은 주름이 느껴지자 슬픔을 이기지 못하고 끝내 엎드려 이모의 손에 얼굴을 묻은 채 울먹였다.

"어느새 할머니 손이 되었네. 이모. 나 앞을 보지 못해도 괜찮아.

그냥 예전처럼 이모가 차려 준 밥 먹고 손잡고 시장도 가면서 그렇게 사는 것이 좋아. 이모가 없으면 눈을 떠도 다 소용없어. 제발 이모는 엄마, 아빠처럼 나를 떠나지 마, 제발. 내 곁에 있어 줘."

애절한 임선의 말에 가슴이 찢기는 이모지만 임선의 치료비를 자신의 항암치료에 쓸 수는 없다는 의지가 확고했다. 2개월 전 당장 치료해야 한다는 의사의 말에 임선의 치료비를 걱정하며 망설임 없이 병원문을 나갔던 이모에게 임선의 어떤 말도 들리지 않았다.

임선은 이모의 무릎에 엎드려 울먹일 뿐이었다. 바로 그때였다.

이모는 손등으로 낯선 느낌을 감지했다. 무언가 젖는 듯 흐르는 듯한 느낌에 놀라 손에 얼굴을 묻고 있던 임선을 일으켜 세운 이모.

이게 웬일인가! 물기에 흥건히 젖어있는 손등. 온통 눈물에 얼룩진 임선의 얼굴. 그것은 분명 눈물이었다. 이모는 보고도 믿기지 않는 듯 임선의 눈물을 손으로 연신 훔쳐보는데 계속해서 눈으로부터 볼을 타고 흐르는 것은 의심의 여지가 없는 눈물이었다.

"해… 해라. 이것이 분명 눈물이 맞지?"

해라 역시 다가와 보더니 놀랐다.

"네. 분명 눈물이. 눈물이 맞아요. 분명."

이모는 임선의 눈을 눈물을. 보고 또 보며 확인하는데.

"그래. 맞아. 맞다. 니가 울고 있구나. 나 때문에 눈물을 흘리고 있구나.

네 눈물을 보게 될 줄이야. 선아, 너도 나만큼 아픈가 보구나. 얼마나 아프면 10년이나 막혔던 눈물을 흘리냐. 우왕~."

이모는 임선을 꼭 끌어안고 함께 오열했다.

"얼마나 슬펐으면 얼마나 아팠으면 말라 없어진 줄만 알았던 눈
물이 펑펑 쏟아지더냐.

그래. 그래. 항암치료. 받으마. 받을게."

"이모…"

그날 해라까지 가세한 병실은 눈물바다가 되었다.

빛과 어둠 그리고 믿음이 가리키는 진실

．

．

．

그리고 1년 후. 새벽의 회색빛이 깔린 갈대밭 언덕. 언덕 아래 갯바위로 큰 파도 부딪치며 하얗게 부서진다.

바다는 겹겹이 물보라를 머금은 파도들로 펼쳐져 있고 멀리 고깃배는 거친 파도를 헤치고 수평선을 향했다.

그리고 언덕의 끝 바위를 뒤로하고 태양을 기다리는 듯 바다 앞에 임선이 서있었다. 코끝에 싱그런 갯내음을 한껏 들이마시고는 바이올린을 어깨에 올렸다. 지그시 감은 눈에 나머지 한 손의 활을 바이올린에 얹은 임선. 아, 포근한 손등의 온기.

손등에 온기를 느낀 임선이 연주를 시작했다.

띠 리리리리리리♪~.

노랫말이 들리는 듯한 바이올린의 부드러운 음률이 바람을 타고 바다로 흘렀다.

"긴 밤 지새우고~ 풀잎마다 맺힌 진주보다 더 고운 아침이슬처럼 ♪~"

그렇게 바이올린의 연주는 하얀 파도 너머 수평선을 향해 나아 갔다. 바람에 힘겨운 바닷새는 섬을 찾아 날아가고 고깃배는 파도에 밀려 들어오는데, 임선의 바이올린은 멈추지 않고 태양을 불렀다.

띠 리리리리리리♪~.

끝내 태양은 수평선을 뚫고 바다를 가로질러 세상을 밝히기 시작 했고 갈대숲 언덕도 태양빛에 드러났다.

임선의 긴 머리가 바람에 휘날리고 있었다. 절정으로 달하는 아침 이슬의 연주에 빨라진 손놀림은 갈대숲과 함께 춤을 추었고 옆에 서 있던 해라도 덩달아 리듬을 타고 있었다. 마침 연주에 맞춰 태양이 수평선에 올라서자 앞에서 지켜보던 백구가 태양을 향해 짖었다.

그리고 흐뭇한 미소의 또 한 사람.

이모는 그녀의 옆 휠체어에 앉아 아침이슬에 맞춰 흥얼거렸다.

"나 이제 가노라. 저 거친 광야에 서러움 모두 버리고 나 이제 가 노라♪~."

"거 봐! 내가 말했지. 한 치의 의심이 없는 믿음은 기적처럼 이루 어진다고."

아. 행복해~ .꿈이라면 영원히 깨지 말길….

혹시 이미 그대가 내린 결론을 찾고 있는 것은 아닌가.

우리는 세상으로 나온 것이 아니라 들어온 것이다.

세상은 빛에 가려진 것과 어둠에 밝혀지는 것이 존재하고 우리는 다시 그 속에서 제각각의 세상을 만들어 산다.

그래서 나만 볼 수 있는 것과 나만 보지 못하는 것이 있고 빛이 같은 것을 비추어도 같은 것으로 볼 수 없는 이유이다.

벗어나려 눈을 감아도 잔상으로 그대로의 세상일 뿐이다.

"그대의 마음은 무엇을 가리켰는가?

그것이 결론이다."

빛이 하늘을 가리고 바다를 비추면 아침을 맞는 수평선.

어둠이 바다를 가리고 하늘을 밝히면 밤을 맞는 나.

수평선을 마주한 내가 언제나 기다리는 것은 태양이었다.